www.ingramcontent.com/pod-product-compliance
Lightning Source LLC
LaVergne TN
LVHW011954070526
838202LV00054B/4922
9788119022878

ادب میں گھوسٹ اِزم

(طنزیہ ومزاحیہ مضامین)

○

ڈاکٹر مناظر عاشق ہرگانوی

© Taemeer Publications

Adab mein Ghostism *(Essays)*
by: Manazir Ashiq Harganvi
Edition: January '2023
Publisher & Printer:
Taemeer Publications, Hyderabad.

ISBN 978-81-19022-87-8

9 788119 022878

مصنف یا ناشر کی پیشگی اجازت کے بغیر اس کتاب کا کوئی بھی حصہ کسی بھی شکل میں بشمول ویب سائٹ پر اَپ لوڈنگ کے لیے استعمال نہ کیا جائے۔ نیز اس کتاب پر کسی بھی قسم کے تنازع کو نمٹانے کا اختیار صرف حیدرآباد (تلنگانہ) کی عدلیہ کو ہو گا۔

© تعمیر پبلی کیشنز

کتاب	:	**ادب میں گھوسٹ اِزم**
مصنف	:	**مناظر عاشق ہرگانوی**
صنف	:	نثری مضامین
ناشر	:	تعمیر پبلی کیشنز (حیدرآباد، انڈیا)
زیر اہتمام	:	تعمیر ویب ڈیولپمنٹ، حیدرآباد
سالِ اشاعت	:	۲۰۲۳ء
تعداد	:	(پرنٹ آن ڈیمانڈ)
طابع	:	تعمیر پبلی کیشنز، حیدرآباد – ۲۴
صفحات	:	۱۲۸
سرورق ڈیزائن	:	تعمیر ویب ڈیزائن

انتساب

کرم فرما

رضا نقوی واہی (پٹنہ)

ڈاکٹر حنیف ترین (عرعر)

کے نام

ترتیب

پیشِ ادب / یوسف ناظم ———— ۱۱
گفتارِ ادب / ڈاکٹر انور سدید ———— ۱۷
حرفِ ادب / پروفیسر محمد زماں آزردہ ———— ۳۱

خوشامدی ———— ۳۵
انسان ساز ———— ۴۳
ادب میں گھوسٹ ازم ———— ۵۳
تبصرہ ———— ۵۷
ممبر ———— ۶۷
داستان بال جھڑنے کی ———— ۷۱
سفر کا ارادہ ———— ۷۷
خط لکھیں گے ... ———— ۸۱
اس کا آنا ———— ۸۷
عقل کے دشمن ———— ۹۱
چمچہ ———— ۹۹

پیکرانِ بے سخن :

تصویر کا چکر ــــــــــــــــــــ ۱۰۳

کھانسی ــــــــــــــــــــ ۱۰۴

سُنّی مسلمان ــــــــــــــــــــ ۱۰۴

شادی کی وجہ ــــــــــــــــــــ ۱۰۴

فائدے کا فائدہ ــــــــــــــــــــ ۱۰۵

فائدہ ایک لطیفہ ــــــــــــــــــــ ۱۰۵

دو چار جُوتے بھی پڑے ــــــــــــــــــــ ۱۰۶

پہلو بہ پہلو ــــــــــــــــــــ ۱۰۶

چائے نہ پینے کا نتیجہ ــــــــــــــــــــ ۱۰۶

نبوت کے آثار ــــــــــــــــــــ ۱۰۷

زخم کی جگہ ــــــــــــــــــــ ۱۰۷

فرانسیسی سے واقفیت ــــــــــــــــــــ ۱۰۸

شکل پہچانی نہیں جاتی ــــــــــــــــــــ ۱۰۸

ٹیلی ویژن کی بینائی ــــــــــــــــــــ ۱۰۹

متنفی اور ماشاءاللہ ــــــــــــــــــــ ۱۰۹

تبت یدا ــــــــــــــــــــ ۱۱۰

مرثیہ ــــــــــــــــــــ ۱۱۰

مضامینِ نو ــــــــــــــــــــ ۱۱۰

کلی کا کھُلنا ــــــــــــــــــــ ۱۱۱

صاحب سلام میرا ــــــــــــــــــــ ۱۱۱

جغرافیہ ساز	112
غیر معیاری	112
بسکٹ کا پلیٹ	112
لنگوٹے پر بہار	113
پرچہ کی قیمت	113
گلگشن کا کاروبار	114
تردید	114
علتِ مشائخ	114
زندہ کتاب	115
چھاتی بھینگ گیلو	115
میرٹھی الگا گر	116
ہمشیرزادہ	116
ناسمجھ	117
میم شعر	117
جواب	117
تعاقب	118
کاٹنے والی بیوی	119
نوکر کی عمر	119
پکچر کی تلاش	119
ستم ظریفی	120
رکیک القلب	121

مشاعرہ، نماز اور شیطان	121
رشتہ	121
بنا در	122
شٹل ٹرین	122
ادھر بھاگ ادھر بھاگ	123
کمبی	123
داڑھی کا شاعر	124
چیک اور مصافح	124
مولانا مسمنجمنٹ	125
ہومیوپیتھک ڈاکٹر	125
بلڈ پریشر	125
گرایا کہ نہیں	126
شوہر	127
چیئر چار	127
اصل اور کم اصل	129
پیروڈی	130
رالٹی	131
معاوضے کے لیے	132
ٹیلیگرام	132
طول کاری	133
سیر کی خواہش	134
تذکروں اور تسکروں	135

∞

یوسف ناظم (بمبئی)

پیش لفظ

ظرافت یعنی ادبی ظرافت صرف دلچسپ، دِلکش اور دلآویز چیز ہی نہیں ہے اس میں اور بھی بہت ساری خوبیاں ہیں۔ مثلاً یہ کہ ظرافت سے آپ اپنا ربط ضبط قائم رکھیں تو دل کی وحشت دُور ہوتی ہے۔ مزاح کو آپ اپنے نزدیک آنے دیں تو غصہ فرو ہوتا ہے۔ نہیں تو ایسا معلوم ہوتا ہے جیسے آپ نے کوئی نیکی کی ہو۔ لیکن ظرافت میں ایک چھوٹی سی خوبی بھی ہے۔ وہ یہ کہ اس میں کشش ضرورت سے زیادہ ہے۔ وہی کشش جسے نیوٹن کی پیدائش کے بعد سائنس کی زبان میں کششِ ثقل کہا جانے لگا۔ اسی کششِ ثقل کی وجہ سے ہر شخص خواہ وہ کسی قبیل کا ہو اُردو ادب کے کسی بھی قبیلے سے تعلق رکھتا ہو (صرف قبائلی نہ ہو) اس کی طرف کھنچا چلا آتا ہے۔ ظرافت کے تعلق سے کششِ ثقل کی ترکیب اس لئے بھی موزوں اور مناسب ہے کہ ظرافت کی بھی اپنی الگ زمین ہوتی ہے۔ اور اس زمین میں بہتر سے بہتر شعر کہے اور اعلیٰ سے اعلیٰ قسم کے شگوفے کھلائے جا سکتے ہیں۔ میں اپنے اس بیان کی (جسے آپ دعویٰ بھی کہہ سکتے ہیں) تائید میں دو چار مثالیں دینا چاہوں گا۔ (مثالیں دینے کا طریقہ گو بہت پرانا ہے لیکن پسند ہونے کی وجہ سے آج بھی رائج ہے)۔

اس ظرافت نے غالب جیسے فلسفہ طراز شاعر کو جس نے کبھی کبھی تصوف کے مسائل پر بھی روشنی ڈالی ہے، نثر میں گھیرا۔ اس سے پہلے سودا جیسے رفیع الشان استاد اور نکتہ داں کو ہجو کی رزم گاہ میں لاکھڑا کیا۔ اکبر حسین اکبر جیسے متقطع اور مولوی شخص کو اسی ظرافت نے اپنی زلف گرہ گیر کا اسیر بنایا اور اکبر مجبور ہو گئے کہ وہ اسے 'مِس' کے لقب سے یاد کریں۔

ہم زلف دکھاتے ہیں کہ اسلام کو دیکھو
مِس زلف دکھاتی ہے کہ اِس لام کو دیکھو

وہ ظرافت کی طرف نہ بھی آتے تو ان کی غزل گوئی ان کی بقائے دوام کے لئے کیا کافی نہیں تھی؟ اور حد یہ ہو گئی کہ ظرافت نے اقبال جیسے دانشور اور مفکر پر بھی اپنے ڈورے ڈالے اور کچھ نہ کچھ ان سے بھی وصول ہی کر لیا۔۔۔ اور جن ادیبوں اور شاعروں نے صرف اسی شقِ ادب سے اپنا رشتہ استوار رکھا ان کی تو پوچھئے ہی مت۔ سچّی ظرافت اور اچھا مزاح جس کے بھی حصّے میں آیا اس کی انشا کے لوگ مشتاق ہو کر رہ گئے۔۔۔ (سچی ظرافت یوسفی حُسن کا پرتو ہوتی ہے) اور کسی نے فرحت و انبساط کی نہ نظر آنے والی کیفیت کو مشکل کر کے چغتائی آرٹ کی یاد دلا دی۔ ظرافت کی اس شان و شوکت سے کون انکار کر سکتا ہے۔ یہ اور بات ہے کہ اہلِ ظرافت نے بہ رنگ تنگ شرافت اس کے قصیدے نہیں گائے۔

ظرافت کی ایک اور خرابی یہ بھی ہے کہ یہ' بُرا مت مانئے' بازیچۂ اطفال نہیں ہے۔ اسی لئے جس کسی نے بھی ظرافت نگاری کو اپنایا بالعموم سنِ شعور کو پہنچ کر اپنایا۔ ایجاب و قبول کی یہی عمر بھی ہوتی ہے۔ ظرافت جو مجموعہ ہے مزاح اور طنز کا اس کی دقت ہاتھ آتی ہے جب اسے سوچ سمجھ کر قبول کیا جائے۔ یہ مقولہ کہ 'دیر آید درست آید' اسی سلسلے میں وضع کیا گیا تھا۔

میں کدھر سے کدھر نکل گیا۔ بات ہو رہی تھی ظرافت کی مقناطیسیت کی اور میں صرف یہ کہنا چاہ رہا تھا کہ یہ صرف زندہ لوگوں کو نہیں سنگ دلانِ ادب کو بھی اپنی طرف راغب کرلیتی ہے۔ ادب کے نظریے درمیان میں حائل نہیں ہوتے۔ نظریۂ ادب خارا شگاف ہو یا مبنی بر انصاف۔ زاویۂ نگاہ انگلستانی ہو یا ہندوستانی۔ خیالات میں جدت ہو یا حدّت، ظرافت ان سے بے نیاز ہوتی ہے اور اس کی یہی خصوصیت اسے شجر سایہ دار بناتی ہے۔

تمہید ذرا طویل ہو گئی لیکن ان معروضات کا مقصد صرف یہ ہے کہ اس کتاب کے مصنف مناظر عاشق ہرگانوی کو جنھوں نے شعر و ادب کے چمنستان، نخلستان بلکہ ریگستان کی بھی سیر و سیاحت میں اپنی عمرِ عزیز کا طویل حصّہ گذارا اور اپنے جسمِ ناتوان کی ناتوانی میں اضافہ

کیا ہے، مبارکباد دی جائے کہ ظرافت کی گلی میں پہنچ ہی گئے۔ گو میں نے اس لئے کہا کہ یہاں اژدہام کم ہے۔ وہ اس طرف پا بجولاں آئے ہیں یا کشاں کشاں، ٹھیک سے نہیں کہا جا سکتا لیکن ایسا معلوم ہوتا ہے انھوں نے اپنی چھٹی حس کو جسے حسِ مزاح کہا جاتا ہے اور جسے حواس خمسہ پر بھی تھوڑی سی فوقیت حاصل ہے، پولیوشن سے بچائے رکھا اور اب بھی وہ اسے ڈرڈر کر ہی منصۂ شہود پر لائے ہیں۔ غالب کا ایک شعر دفعتاً یاد آگیا۔ شاید بامو قع یاد آیا ہو ؂

ہے تیوری چڑھی ہوئی اندر نقاب کے
ہے اک شکن پڑی ہوئی طرفِ نقاب میں

حسِ مزاح، نیسے دروں نیسے بروں کی چیز ہے اور مناظر عاشق ہرگانوی کی شہرت یہ ہے کہ وہ بھرپور لکھتے ہیں۔ شاعر تو وہ ہیں ہی، لیکن وہ شمشیر دسناں، طاؤس ورباب سبھی آلات وظروف کے قائل ہیں۔ معلم ہیں، مبصر ہیں، محقق ہیں، مختلف نظریوں کے مبلغ ہیں۔ (شاید موحّد بھی ہوں اور موجد بھی)۔ کئی پرچوں کے مہمان مدیر ہیں۔ کئی رسائل کے مشیر ہیں۔ یعنی ان کا صرف اوڑھنا بچھونا ہی نہیں، کھانا پینا بھی ادب ہی ہے۔ اب وہ مزاح کی طرف متوجہ ہوئے ہیں تو ظاہر ہے اس شقِ ادب کو بھی کچھ نہ کچھ دیں گے ہی۔ اُن کے متعلق مشہور بھی ہے کہ وہ اس معاملے میں خانخاناں کے اصول کو پیشِ نظر رکھتے ہیں۔

خاکسار کو ان سے صرف ایک ہی عدد نیاز حاصل ہوا ہے۔ مقام ملاقات تھا پٹنہ اور سنہ ملاقات رہا ہوگا ۱۹۷۶ء۔ شہر پٹنہ میں رضا نقوی واہی صاحب کی کوششوں اور شفیع مہدی کی کاوشوں سے جب وہاں ایک جشنِ ظرافت منعقد ہوا تو مناظر عاشق ہرگانوی اس جشن میں شرکت کے لئے پٹنہ آئے تھے۔ اس لحاظ سے ظرافت سے ان کی تاک جھانک پرانی ہے۔ یہ اور بات ہے کہ یہ نظر بازی رنگ اب لائی ہے۔ بدورانِ ملاقات میں نے ان کے چہرے پر بکثرت تبسم دیکھا تھا اور مجھے محسوس ہوا تھا کہ یہ تبسم ظاہری نہیں ہے۔ ایک آدمی کے لئے اتنا تبسم بہت ہوتا ہے اسی لئے انھوں نے طے کیا ہوگا کہ اسے اوروں میں تقسیم کر دینا ہی بہتر ہے۔ یہی اِس کتاب کی شان نزول ہے۔

مناظر عاشق ہرگانوی میدان ادب کے کہنہ مشق اور سرد و گرم چشیدہ سپاہی ہیں سیف قلم سے مسلح۔ نگاہ تیز، ذہن بیدار، جو منظر بھی ان کے مشاہدے میں آیا اسے انھوں نے اپنی ذات میں جذب کر لیا۔ اور وہ بذات خود مجموعۂ مناظر ہو گئے۔ شعر و ادب کے عشق نے (جو جائز ہی ہونا چاہیے) انھیں ادب اور صحافت کی دُنیا میں گاؤں گاؤں گھمایا (گاؤں گاؤں سے مراد اصناف ادب ہیں) ورنہ یہ ہرگانوی کیسے ہوتے۔ اپنی دقت نظر اور گہری سوچ کا انھوں نے ایک آمیزہ تیار کیا۔ یہی آمیزہ اِن مضامین میں استعمال ہوا ہے۔ مزاح سے زیادہ انھوں نے طنز کو اپنا وسیلۂ اظہار بنایا ہے۔ شاعری میں وہ ایہام بلکہ شاید ابہام کے قائل ہوں لیکن طنز نگاری کے معاملے میں انھوں نے صراحت، وضاحت اور استقامت (یہ سب Directness کی مختلف اشکال ہیں) سے کام لیا ہے۔ "ادب میں گھوسٹ ازم" کے بارے میں اظہار خیال کرتے ہوئے انھوں نے لکھا:

> "ان کے یہاں کئی جناتی ادیب، پروف ریڈر کے بطور بحال رہتے ہیں جو ان کے لئے آرٹیکل لکھتے ہیں، پیش لفظ اور دیباچے لکھتے ہیں...."

یہ لکھنا تھا کہ انھیں میری یاد آئی اور انھوں نے مجھ سے فرمائش کر دی کہ میں ان کی اس کتاب کا پیش لفظ لکھ دوں۔ (بے حد شکریہ مناظر صاحب)۔ ان کا مضمون "تبصرہ" بھی کافی حد تک خطرناک ہے۔ بعض اوقات پر کسی ہندوستانی ایکشن فلم کی سچویشن پیدا ہو گئی ہے۔

سچویشن کے ذکر پر یاد آیا کہ مناظر عاشق ہرگانوی، واقعاتی مزاح کے عاشق ہیں۔ یوں بھی سچویشن کا مزاح ہمارے یہاں کم ہے۔ یہ آسانی سے ایک پلاٹ سوچ لیتے ہیں اور اسے ڈرامے یا کہانی کا روپ دے کر بہت خوش ہوتے ہیں۔ (وہی تبسم جو ۱۹۷۶ میں میں نے ان کے چہرے پر دیکھا تھا، عود کر آتا ہوگا) ۔ "انسان ساز" ایک ایسے مہمان کی کہانی ہے، (بلکہ ڈراما ہے) جس کی مبینہ ناسازیٔ مزاج پر وقت واحد میں کئی ڈاکٹر مشق علاج فرماتے ہیں اور نتیجہ یہ ہوتا ہے کہ مہمان، ایک ہی دن میں کھڑکی کے راستے فرار ہو جاتا ہے ۔ مجھے

تو شبہ ہوا کہ اہلِ خاندان نے جو سب کے سب ڈاکٹر تھے آپس میں سازش کر کے مہمان کو بھگانے کی اسکیم بنائی ہوگی ورنہ مہمان اور یوں آسانی سے رخصت ہو جائے۔

"عقل کا دشمن"، "سفر کا ارادہ"، "خط لکھیں گے گرچہ" بھی اسی نوع کے مضامین ہیں واقعاتی مزاح لکھنے میں ہمارے مستند مزاح نگاروں نے کافی تکلف سے کام لیا۔ عظیم بیگ چغتائی نے البتہ اس کی طرف توجہ کی بلکہ یوں کہنا چاہیئے کہ یہی طرز نگارش ان کی شناخت بنی۔ مناظر عاشق ہرگانوی کی تحقیقی اور تنقیدی نظر نے ممکن ہے یہ نکتہ اپنی گرفت میں لے لیا ہو اور مصنف نے ارادتاً اس کمی کے ازالے کا بیڑا اٹھایا ہو۔ یہ میرا اپنا خیال ہے اور میرا خیال ناقص تو ہو سکتا ہے درست نہیں ہو سکتا (یہ بات بہت پہلے طے ہو چکی ہے)۔

مناظر عاشق ہرگانوی، مکالماتی مزاح کے بھی شوقین ہیں۔ کسی بھی واقعے کو مکالموں کے بغیر ٹھیک سے پیش نہیں کیا جا سکتا۔ یہ بات انھیں معلوم ہے۔

اِس دیباچے میں اگر کوئی جھلک گھوسٹ ازم کی آگئی ہے تو اسے میری کوتاہی پر محمول فرمائیے۔ ویسے میں نے بساط بھر کوشش کی ہے کہ یہ ظاہر نہ ہونے پائے۔ اور اگر اس تحریر میں تبصرے کی ایسی کوئی قسم نمودار ہو گئی ہے جس کا مصنف نے اپنے مضمون "تبصرہ" میں ذکر کیا ہے تو سمجھنا چاہیئے کہ ان کی بات دل سے نکلی تھی ورنہ اتنا اثر نہ کرتی۔ میں اپنی ممنونیت کے اظہار میں اس سے زیادہ اور کیا کہہ سکتا ہوں!

ڈاکٹر انور سدید (لاہور)

گفتارِ ادب

اتفاق کی بات یہ ہے کہ گزشتہ چند ماہ کے دوران مجھے چند ایسے ادیبوں کے مطالعے کا شرف حاصل ہوا جن کے ادبی تشخص میں طنز و مزاح کا عمل دخل نظر نہیں آتا۔ لیکن جن کے مزاج میں طنز و مزاح ایک اہم عنصر کی حیثیت رکھتا ہے۔ مثال کے طور پر مولانا صلاح الدین احمد کو لیجئے۔ ان کی اولین پہچان "ادبی دنیا" کی ادارت، اردو افسانے کی تنقید، اردو زبان کے مسائل اور اقبالیات کے موضوعات سے ہوتی ہے۔ مشفق خواجہ کے نام سے ابنِ مخطوطہ کا تصور ذہن میں آتا ہے اور ان کے تحقیقی کارناموں میں ان کی دوسری تمام ادبی فتوحات دب جاتی ہیں۔ مرزا محمد منور پاکستان، قائد اعظم اور اقبال کے موضوع کے لئے مختص ہیں۔ ڈاکٹر صفدر محمود کی اوّلیں حیثیت مورخِ پاکستان کی ہے۔ غلام الثقلین نقوی اُردو افسانے کا بڑا نام ہے اور وہ افسانہ کچھ اس انداز میں لکھتے ہیں کہ کردار یا واقعے کی کوئی شوخ کرن اُبھرنے کی کوشش بھی کرے تو نقوی صاحب اس پر چادر ڈال دیتے ہیں اور اس کرن کو چار دیواری سے نکلنے کی اجازت نہیں دیتے۔ ان سب اصحاب کے مطالعے سے ایک دلچسپ حقیقت رونما ہوئی کہ ان میں سے ہر ایک نے اپنے باطن میں ایک حیوانِ ظریف کو مستقل جگہ دے رکھی تھی اور جب کبھی موقع ملتا اور وہ اپنی خلوت میں اس حیوانِ ظریف سے ہم کلام ہوتے، اپنے ادبی عمامے کو اتار کر رکھ دیتے اور بے اختیار ہنسنے مسکرانے لگتے۔

مناظر عاشق ہرگانوی کے مضامین "یکمانِ بے سخن"، "مچھر"، "بیوی سائنس داں کی"، "تبصرہ"، "سفر کا ارادہ"، "خط لکھیں گے۔۔۔"، "داستان بال جھڑنے کی"، "عقل کے دشمن

اور "اس کا آنا" وغیرہ پڑھنے کا موقع ملا تو میں ویسی ہی خوشگوار حیرت سے دوچار ہوا جو مولانا صلاح الدین، مشفق خواجہ، مرزا محمد منور، صفدر محمود اور غلام الثقلین نقوی کے ہاں طنز و مزاح کے نمایاں اوصاف اور عناصر دیکھ کر ہوئی تھی۔ ہرگانوی صاحب کو میں ایک کشادہ نظر نقاد کی حیثیت میں پہچانتا ہوں۔ ان کے ہاں شاعری کا تخلیقی عمل بے ساختہ ہے۔ لیکن کبھی کبھی مجھے یوں محسوس ہوتا ہے کہ انھوں نے شاعری میں بھی زندگی کی تنقید ہی کو اہمیت دی ہے ہندوستانی رسائل تک چونکہ میری رسائی نہیں ہے اس لئے ہرگانوی صاحب کی طنز و مزاح نگاری سے میں شناسا نہ ہو سکا۔ یا یوں کچھ کہیے کہ یہ مجھ سے پوشیدہ رہی۔ "شگوفہ" کے مدیر مصطفیٰ کمال لاہور تشریف لائے تو انھوں نے "شگوفہ" میں چھپنے والے متعدد مزاح نگاروں کی جو فہرست مجھے دی اس میں مناظر عاشق ہرگانوی کا نام بھی شامل تھا۔ میں نے اس وقت بھی اسے مصطفیٰ کمال کے قلم کی سہو شمار کیا اور فہرست کی تصحیح کی درخواست کی تو انھوں نے کہا۔

"آپ نے ان کا مضمون "ادب میں گھوسٹ ازم" یا "چمچہ" نہیں پڑھا؟"

مجھے اپنی لاعلمی پر افسوس تو ہوا لیکن میں نے خفت محسوس نہیں کی۔ عرض کیا "ہرگانوی صاحب نے ایک آدھ مزاحیہ مضمون منہ کا ذائقہ تبدیل کرنے کے لئے لکھا ہوگا۔"

کمال صاحب بولے "جی نہیں، وہ تو باقاعدہ مزاح نگار ہیں۔ اور "شگوفہ" میں ہی نہیں "مریخ"، "بیبی پنچ"، "آئینہ" میں بھی ان کے اس اسلوب کے مضامین چھپتے ہیں۔"

اب مجھے انکار کی مجال نہیں تھی اور میں نے کمال مصطفیٰ صاحب کا شکریہ ادا کیا کہ انھوں نے مجھے مناظر عاشق ہرگانوی کے فن کی اس جہت کی خبر دی تھی اور بتایا کہ قیس اس رنگ میں بھی رقیبِ سرو ساماں ہے۔

خدا جانے ہماری اس گفتگو کی بھنک بھاگلپور کس طرح پہنچ گئی۔ مجھے آج کی ڈاک سے مناظر عاشق ہرگانوی کے طنز و مزاح پاروں کا ایک نادر ذخیرہ موصول ہوا۔ میں نے اس ذخیرے میں سے ایک مضمون سرسری طور پر پڑھنا شروع کیا۔ اس مضمون نے دوسرے مضمون میں دلچسپی پیدا کی اور پھر میں نے ایک ہی نشست میں سب مضامین پڑھ ڈالے اور پھر ایسی

انوکھی مسرت حاصل کی کہ تاثر ضائع ہونے سے پہلے میں یہ مضمون لکھنے بیٹھ گیا۔ جس طرح ایک معصوم بچہ اپنی بے ساختہ حرکات سے آپ کو اپنی طرف متوجہ کر لیتا ہے اور آپ اس سے بے اختیار پیار کرنے پر مجبور ہو جاتے ہیں۔ کچھ اسی قسم کی صورت ہرگانوی صاحب کے مضامین نے پیدا کی اور یہ الفاظ لکھتے ہوئے میرے ہونٹ مسکراہٹوں سے بھیگے ہوئے ہیں اور میں ایک جذبۂ بے اختیار سے دوبارہ ہرگانوی صاحب سے طویل ملاقات کر رہا ہوں۔

سب سے پہلی بات تو یہ ہے کہ مناظر عاشق ہرگانوی کے ہاں تخلیقِ مزاح ان کے شعوری عمل کا حصّہ نہیں۔ یعنی وہ مزاح اس طرح نہیں لکھتے جس طرح ہمارے بعض ادبا کالم کا پیٹ بھرنے کے لئے لفظی یا واقعاتی یا جسمانی اٹھکیلیاں لکھتے ہیں، اخبار کا اور اپنا پیٹ بھرتے ہیں اور پھر آرٹ بکوالڈ (Art Bachwald) کہلوانے کی تگ ودو شروع کر دیتے ہیں۔ مناظر عاشق ہرگانوی کا مزاح ان کے لاشعور سے سطح پر آتا ہے اور پھر خوشبو کی طرح موضوع کے داخل میں سما جاتا ہے۔ اور بعض اوقات تو یہ اتنا بے ساختہ ہوتا ہے کہ خوشبو جب مسکراہٹ بن کر آپ کی طرف سفر کرتی ہے تو آپ حرسِ غنچہ کی صدا نہ صرف سنتے ہیں بلکہ اس میں شامل بھی ہو جاتے ہیں۔ فرائیڈ کی معرکہ آرا کتاب "دی اِنٹرپریٹیشن آف ڈریمز" (خوابوں کا تجزیہ) کا ابتدائی مسودہ پڑھتے ہوئے وِلہیم فلیس (Wilhelm Fliess) نے شکایت کی تھی کہ "فرائیڈ کے خواب تو ظریفانہ واقعات کا پلندہ ہیں"۔

جیمز سٹارچ نے لکھا ہے کہ اس "شکایت" نے ہی فرائیڈ کو اس موضوع پر سوچنے کی راہ دکھائی اور پھر اس کی کتاب "جوکس اینڈ دیر ریلیشن ٹو دی اَن کن شاٗس" Jokes and their relation to the unconscious (لاشعور سے مزاحیوں کا تعلق)، وجود میں آئی۔ ہرگانوی صاحب کے ہاں بھی مزاح کچھ اس طرح پیدا ہوتا ہے جیسے یہ ان کے خوابوں کا اور ان کے لاشعور کا حصّہ ہے اور وہ واقعات کو توڑے، مروڑے بغیر ان کے باطن سے خود رو بوالعجبی دریافت کرتے ہیں اور اس ہیئت کذائی میں آپ کو شریک کر لیتے ہیں۔ لیکن خوبی کی بات یہ ہے کہ وہ زندگی کی بوالعجبی یا کردار کی ہیئت کذائی پر نفرت کے جذبے

کو برانگیختہ نہیں کرتے بلکہ اپنی بات کچھ اس انداز میں کرتے ہیں کہ یہ سب کچھ موجوداتِ حیات کا حصہ نظر آنے لگتا ہے اور احساس ہوتا ہے کہ اگر یہ سب کچھ نہ ہوتا تو ہماری زندگی کتنی بے رنگ ہوتی۔ اس کی ایک مثال ان کا مضمون "چمچہ" ہے جس میں ہرگانوی صاحب نے اس مشہورِ زمانہ کردار کے زاویے اس کے داخلی اوصاف سے تراشے ہیں اور ہمیں اس انوکھی حقیقت سے آشنا کیا ہے کہ:

> "سائنس دانوں کی اَن تھک کوشش اور تجربے سے یہ ثابت ہوا ہے کہ چمچے اسی وقت پیدا ہوئے تھے جب انسانی تہذیب کی شروعات ہوئی ہو گی۔ اس وقت چمچے کس اصلیت کے تھے اس کی تحقیق نہیں ہو سکی۔ لیکن میری ذاتی تحقیق کے مطابق انسانی تہذیب کی شروعات کے کچھ ہی برسوں بعد چمچے "منہ لگّو" کے نام سے مشہور تھے ـــــ سب ہی راج درباروں میں ان کی موجودگی کے آثار ملتے ہیں۔ اس وقت بادشاہ یا راجہ تو صرف تخت پر ہی بیٹھتا تھا، مگر کام کاج ان چمچوں کے ہاتھ ہی میں ہوتا تھا۔ ان کے منہ سے نکلی ہوئی بات لوہے کی لکیر ہوتی تھی۔ عوام جتنے خوفزدہ بادشاہ یا راجے سے ہوتے تھے اس سے کئی گنا زیادہ خوف انھیں ان چمچوں سے محسوس ہوتا تھا... اس وقت بادشاہ یا راجہ کا مُنہ وہ لاؤڈ اسپیکر ہوتا تھا جس کا کنکشن اسی مائیک سے ہوتا تھا جس پر "مُنہ لگّو" بولا کرتے تھے۔"
>
> (مزاحیہ ـــ "چمچہ")

"ادب میں گھوسٹ ازم" میں مناظر عاشق ہرگانوی نے ہمیں معاشرے کے ایک ایسے قابلِ رحم کردار سے متعارف کرایا ہے جو پاپی پیٹ کی ضرورتوں کو پورا کرنے کے لئے اپنا خونِ جگر فروخت کرتا ہے اور جو کچھ لکھتا ہے وہ دوسروں کے نام سے چھپوا دیتا ہے۔ اس مضمون کو پڑھ کر احساس یہ ہوتا ہے کہ سماجی لحاظ سے بڑے مرتبے پر فائز ہر بڑے نام

کے پیچھے ایک گھوسٹ رائٹر موجود ہے جو اپنے خون کے غازے سے دوسروں کی تزئینِ جمال کر رہا ہے۔ مناظر عاشق ہرگانوی نے لکھا ہے کہ :

"جس طرح بڑے بڑے کنٹریکٹر چھوٹے چھوٹے (پیٹی) کنٹریکٹر اپنے زیرِ سایہ رکھتے ہیں اسی طرح بڑے بڑے ادیب، یونیورسٹی کے صدرِ شعبہ یا نامی گرامی مصنف وغیرہ کئی چھوٹے چھوٹے گھوسٹ رائٹر رکھتے ہیں۔ کہاوت ہے کہ "نامی بنئے کا نام بِکتا ہے"۔ اسی طرح ان ادیبوں کے یہاں ناشر ایڈوانس لے کر دوڑتے رہتے ہیں۔ یہ مجاہدِ اعظم کافی خوشامد کے بعد بچوں کا ادب، نفسیات، شاعری، کہانی، تنقید، ڈرامہ اور ترجمہ وغیرہ سب طرح کے کام اپنے ہاتھ میں لے لیتے ہیں۔ جس طرح مشہور فلم اسٹار ایک ساتھ کئی معاہدے قبول کر لیتے ہیں، اسی طرح یہ ادبی مجاہدِ اعظم بھی ہوس کے پُتلے بنے ہوتے ہیں۔ فرق یہ ہوتا ہے کہ فلم اسٹاروں کو شوٹنگ میں خود جانا پڑتا ہے۔ مگر یہ مجاہد اپنے گھوسٹ رائٹروں کو محنتانہ کے نام پر چند ٹکڑے دے کر اپنے نام سے آرڈر کی کتاب بازار میں لا پٹکتے ہیں۔ پھر پشت در پشت رائلٹی کے نام پر روپیہ کھا کر عذابِ شکم میں مبتلا رہتے ہیں۔"

(مزاحیہ — "ادب میں گھوسٹ ازم")

مناظر عاشق ہرگانوی چونکہ نقاد ہیں اس لئے وہ ادب کی ہر صنف میں تنقید کو آزمانے کی پوری کوشش کرتے ہیں۔ مجھے ان کی مزاح نگاری میں بھی رائے زنی کا عمل نمایاں نظر آتا ہے۔ وہ اس عمل سے غیر اہم کو اہم بنا دیتے ہیں اور بعض اوقات تو "غیر اہم" کی یہ غیر معمولی اہمیت ہی ایک لطیف سی مسکراہٹ کو جنم دے ڈالتی ہے۔ کریپلین (Kreapelin) نے اسے دو متضاد چیزوں میں باہم مشابہت پیدا کرنے کا عمل قرار دیا ہے اور چونکہ اس قسم کی مشابہت غیر فطری اور غیر حقیقی ہوتی ہے اور یہ صرف مزاح نگار کے نہاں خانۂ

خیال میں جنم لیتی ہے اس لیے ہنسی پیدا کرتی ہے۔ مناظر عاشق ہرگانوی نے "ادب میں گھوسٹ ازم" میں اس قسم کے عمل سے ہمدردی کا جذبہ پیدا کرنے کی سعی کی ہے اور مسکراہٹ کو زیرِ لب ہی رکھا ہے لیکن مزاح پارہ "مچھر" میں انھوں نے معمولی کو غیر معمولی بنانے کی کاوش کی ہے جس سے ایک بالکل انوکھی کیفیت پیدا ہو گئی ہے۔ اس مزاح پارے سے ایک اقتباس حسب ذیل ہے:

"تصور کیجیے ۔۔ کمرے کی بتی گُل کر کے آپ نیند کو بلانے جا رہے ہیں۔ تبھی وہ اپنی بانسری بجاتے ہوئے: بغیر چھتری کے پیراشوٹ کی طرح آدھمکتے ہیں۔ لگتا ہے کہ کوئی ننھا سیلی کو پٹر چارلی چپلن کی ایکٹنگ کرتا ہوا کان کے اسٹیج پر آ گیا ہے، یا تاتاری فوج کے سپہ سالار کی بھٹکی ہوئی روح ہے جو اپنی فوج کے ساتھ ہوائی تحریک گیت گا رہی ہے۔ عقل مند ذی رُوح ہونے کی وجہ سے آپ سوچنے لگتے ہیں کہ آخر یہ سنگیت کیوں؟.... ایسے میں ڈی ایچ لارنس کی (مچھر یا مکھی پر لکھی ہوئی) یہ لائنیں یاد آ ہی جاتی ہیں:

What? Do you. stand on such high legs for why shreded shank you.

حضرت مچھر کی یہ محویت بڑی عجیب ہوتی ہے۔ آپ اپنے پیروں کو کبھی رگڑتے ہیں تو کبھی اٹھائے رکھتے ہیں ۔۔ ساکت و جامد ۔۔ جیسے کوئی سادھو یا جوگی سمادھی کے لیے بیٹھا ہو یا کسی طالب علم کا کوئی کارٹون پنکھ لگا کر آ گیا ہو۔ اسی کیفیت کو دیکھ کر لارنس کے دل میں یہ گمبھیر سوال اٹھا ہو گا:

What? Do you stand on such high legs

اس قسم کے مضامین سے مناظر عاشق ہرگانوی، انشائیہ کی صنف کے گرد و پیش

میں چہل قدمی کرتے نظر آتے ہیں۔ لیکن واضح رہے کہ انھوں نے سوچ کی کسی لہر کو کروٹ دینے کے بجائے ایک شائستہ مسکراہٹ کی تخلیق میں زیادہ دلچسپی لی ہے اور اکثر اوقات تو وہ اس عمل کو سلیقے کے باموقع اور برمحل استعمال سے مزید بہجت آفریں بنادیتے ہیں۔ ان کا مزاح پارہ "تبصرہ" ملاحظہ کیجئے جس میں انھوں نے لطیفے سے استفادہ ہی نہیں کیا بلکہ اس سے پورے مضمون کو جگمگا دیا ہے۔

"تبصرہ" کی اقسام کے ضمن میں لکھتے ہیں :

• زبانی تبصرہ :

میرا بھانجا مون اور بھانجی ہُما کسی بات پر جھگڑا کر رہے تھے۔ اِٹھاپٹھائی کرتے کرتے جب دونوں بہن بھائی تھک گئے تو زبانی پر اُتر آئے۔ دو چار فقرے کسنے کے بعد مون بولا "تو گدھی ہے۔"

ہُما نے فوراً تپاک سے جواب دیا "اور تو اس کا بھائی ہے۔"

بے ساختہ تبصرہ :

بھابی اپنے مائکے گئی ہوئی تھیں۔ ایک دن اپنے مُنّے کا سوئیٹر بُن رہی تھیں۔ اتنے میں ڈاکیہ آگیا۔ خط پڑھنے کے لئے جونہی انھوں نے سوئیٹر نیچے رکھا اس میں سے ایک پھندہ نکل گیا۔ ان کے مُنہ سے بے ساختہ نکلا "میرا گھر (پھندہ) گر گیا ہے۔" پاس بیٹھی ہوئی ڈولی ایکدم بولی "ممی اچھا ہوا آپ دربھنگہ میں نہیں تھیں، ورنہ گھر میں دَب جاتیں۔"!

مناظر عاشق ہرگانوی لطیفے کو تخلیقی انداز میں مضمون کی بنت میں اس طرح شامل کرتے ہیں کہ یہ پیوندی معلوم نہیں ہوتا بلکہ لطیفہ مضمون کا جزو لاینفک نظر آتا ہے اور موضوع میں قاری کی دلچسپی بڑھادیتا ہے۔ اس قسم کی لطیفہ کاری کی ایک صورت انھوں نے بعض الفاظ کی نئی تعریفیں متعین کرکے بھی پیدا کی ہے۔ ملاحظہ کیجئے :

• چمچہ : چمڑے کو چاروں طرف سے گھیرے رکھنے والا شخص، چاپلوس، مُنہ لگا۔

چمچو : جس کی آنکھیں نئے نئے چمچوں کی تلاش میں ہوں۔
چمچاگر : ریٹائرڈ چمچہ، جواب سپلائی کا کام کرتا ہے۔"
تعریف وضع کرنے کا عمل درحقیقت کسی لفظ کی خارجی حدود متعین کرنے کا عمل ہے۔
مناظر عاشق ہرگانوی نے بعض اوقات لفظ کا تجزیہ کرکے اس کے داخل سے نئے اور مضحک معانی نکالنے کی سعی بھی کی ہے۔ اور یوں جب وہ حقیقت اور تخیل کے مابین ایک نئی ناہمواری کی طرف اشارہ کرتے ہیں تو ہنسی کو تحریک مل جاتی ہے۔ اس کی ایک دلچسپ مثال لفظ 'تبصرہ' کا تجزیہ ہے۔ ملاحظہ کیجئے:

"ت سے تبلد یعنی کند ذہن
ب سے بہمن یعنی چالاک
ص سے صحیفہ یعنی کتاب یا رسالہ
ر سے روب یعنی جھاڑو دینا
ہ سے ہاتھ یعنی حربہ"

اور ان سب کے امتزاج باہمی سے ہرگانوی صاحب نے 'تبصرہ' کی جو نئی تعریف متعین کی ہے وہ بھی کم بہجت آفریں نہیں۔ ملاحظہ کیجئے:

"تبصرہ وہ حربہ ہے جس کے ذریعے نہایت چالاکی سے کسی کتاب یا رسالے پر جھاڑو پھیرتے ہوئے مصنف کی کند ذہنی کو ظاہر کیا جائے۔"

مندرجہ بالا امثال سے اب یہ نتیجہ نکالا جا سکتا ہے کہ مناظر عاشق ہرگانوی لفظ کی رعایتوں سے استفادہ نہیں کرتے بلکہ وہ لفظ کو خیال کی محرک قوت کے طور پر استعمال میں لاتے ہیں اور اپنے نہاں خانۂ خیال کی سیاحت سے اس حقیقت کو تلاش کرنے میں کامیاب ہو جاتے ہیں جس کا پُرخلوص اظہار میکانکی سنجیدگی کے خول کو تو قائم رکھتا ہے لیکن مسکراہٹ کو کروٹ دیئے بغیر نہیں رہتا۔ اس قسم کے مقامات پر وہ طنز کو بھی استعمال میں لاتے ہیں۔ لیکن ان کا مقصد طنز میں بھی معاشرتی ناہمواری کو اُجاگر کرنا ہی ہے، دلآزاری ہرگز نہیں۔ ہرگانوی صاحب ایک جگہ مچھروں کی ضرورت اور معاشرے میں ان کی

اہمیت کو یوں اُجاگر کرتے ہیں:

"اگر سارے مچھر مار دیئے جائیں تو ملیریا کے محکمے کی ضرورت ہی باقی نہیں رہے گی۔ بہت سے ڈاکٹروں اور کمپاؤنڈروں کی روزی روٹی چلی جائے گی۔"

"۔۔۔ امراض ختم ہو جائیں گے تو ڈاکٹروں کو کون پوچھے گا؟ ڈاکو مٹ جائیں گے تو پولیس کی قدر کون کرے گا؟ سرمایہ دار مٹ جائیں گے تو پھر کمیونسٹوں کے نعرے بیکار ہو جائیں گے۔ شاید یہی وجہ ہے کہ سرکاری اور غیر سرکاری دیواروں پر جگہ جگہ لکھا ہوا نظر آتا ہے:

"مچھر رہے گا۔۔۔ ملیریا نہیں۔"

مناظر عاشق ہرگانوی کی مزاح نگاری کی آخری لیکن سب سے اہم جہت واقعہ نگاری یا عملی مذاق ہے۔ وزیر آغا نے لکھا ہے کہ:

"واقعے کا مزاح اوّلاً تو کسی غلطی یا غلط فہمی سے اور ثانیاً کردار کی فطری ناہمواریوں سے تحریک پاتا ہے۔ اور یہاں مضحکہ خیز واقعہ بالعموم فرد کے میکانکی عمل سے وجود میں آتا ہے۔"

(اردو ادب میں طنز و مزاح ص ۱۹ لاہور ۱۹۷۰ء)

مناظر عاشق ہرگانوی نے "سفر کا ارادہ"، "خط لکھیں گے گرچہ۔۔۔"، "داستان بال جھڑنے کی" اور "عقل کے دشمن" وغیرہ مضامین میں مذکورہ سب حربوں کو بڑی کامیابی سے استعمال کیا ہے اور اکثر ایسی دلچسپ شرارتیں بھی تخلیق کی ہیں کہ مجھے ان کے بطون میں عظیم بیگ چغتائی کی روح موجود نظر آتی ہے۔ اس کی ایک مثال "ادب میں گھوسٹ ازم" سے ملاحظہ کیجیے کہ ایک گھوسٹ رائٹر اپنے نادہند متوفی سے انتقام کس طرح لیتا ہے:

"ابھی پچھلے دنوں امیر خسرو کی برسی کا انھیں افتتاح کرنا تھا۔ مجھے تقریر لکھنے کے لئے کہا گیا۔ میں نے حامی بھر لی۔ اور جب ٹھیک ایک گھنٹہ وقت باقی رہ گیا تو تقریر لکھ کر دے آیا۔ ایسا اس لئے کیا تا کہ کوئی

دوسرا نہ پڑھ سکے۔ وہ خود پڑھنے کے لئے اس ایک گھنٹہ میں وقت نہیں نکال سکتے تھے۔اس کا مجھے پتہ تھا۔ پھر وہ میرا حرف پہچانتے تھے اور انھیں مجھ پر بھروسہ تھا۔ تقریر کا خلاصہ یہ تھا :

حضرت امیر خسرو اس لئے مشہور ہیں کہ ہندوستان کے غالب اور پاکستان کے اقبال، ساتھ ہی بنگلہ دیش کے نذرل کے ہم عصر تھے اور تینوں ملکوں کے وزیر اعظموں سے ان کے گہرے مراسم تھے۔ وزیر اعظم کی اپیل پر ہی 'نیشنل انٹیگریشن' کے لئے غذائی اجناس پر نظمیں لکھتے رہے ویسے انھوں نے مزاحیہ شاعری بھی کی ہے۔ اکبر الہ آبادی انھیں کے شاگرد تھے؟

اس تقریر کی بخیہ گری جس طرح اخبار والوں نے کی اس کا اندازہ آپ کر سکتے ہیں ؟

ان کے مضامین "سفر کا ارادہ" اور "عقل کے دشمن" میں مزاحیہ صورتِ واقعہ کا حربہ استعمال کیا گیا ہے۔ ان مضامین میں چند ایسے کردار سامنے آتے ہیں جو بظاہر زندگی کی ہموار سڑک پر سفر کر رہے ہیں لیکن درحقیقت اپنے عمل سے ذہنی اور نفسیاتی ناہمواریوں کو اُجاگر کرتے چلے جاتے ہیں۔ "سفر کا ارادہ" ایک ایسے کردار کو متعارف کراتا ہے جو گھر سے سفر کے مستحکم ارادے سے نکلتے ہیں لیکن ہر دفعہ گاڑی سے رہ جاتے ہیں۔ کبھی گاڑی ان کے اسٹیشن پر پہنچنے سے پہلے روانہ ہو جاتی ہے، کبھی کوئی دوست انھیں راستے میں روک لیتا ہے، کبھی ٹریفک کا سُرخ سگنل ان کا راستہ روک لیتا ہے، کبھی گھر سے چلتے ہیں تو ٹکٹ لینا بھول جاتے ہیں۔ غرض یہ کہ مضمون کے واحد متکلم کے سفر کے ارادے میں تو تزلزل پیدا نہیں ہوتا لیکن وہ اپنی کسی نہ کسی حماقت کی وجہ سے سفر بھی اختیار نہیں کر سکتا۔ چنانچہ یہ بار بار کی ناکامی پڑھنے والوں کو بہجت کا سامان فراہم کر دیتی ہے۔ اس مضمون کی صورتِ واقعہ کا ایک اقتباس حسب ذیل ہے :

"تیسری گاڑی رات کے دس بجے جاتی ہے۔ رات بھر کا سفر طے کرنا ہے۔ میں نے کچھ دیر سو رہنے کا پروگرام بنایا۔ کپڑے اُتار کر نوکر کے حوالے کئے کہ دوبار اسٹیشن آنے جانے سے ان کا کچومر نکل گیا ہے۔ دوسرے کپڑے نکال دے تاکہ وہی پہن کر جاؤں ۔ ایک گھنٹہ سوتا رہا۔ اطمینان سے کھانا کھایا۔ وقت گزارنے کے لئے قریب رکھے رسالے سے دو ایک افسانے پڑھے نظمیں غزلیں بھی پڑھیں اور ایک بار پھر اسٹیشن روانہ ہو گیا۔ راستے میں خیال آیا کہ کتاب رکھنا بھول گیا ہوں۔ رات بھر کا سفر ہے۔ آخر وقت کیسے کٹے گا۔ یہی سب سوچ کر رکشہ لوٹالیا اور کتاب لے کر چل پڑا۔ اسٹیشن پہنچا تو گاڑی آنے میں آدھا گھنٹہ کی دیر تھی۔ ٹکٹ کا خیال آیا تو جیبیں ٹٹول ڈالیں۔ غالباً نوکر بے وقوف ٹکٹ رکھنا بھول گیا تھا۔ کپڑے صنیچ کرتے وقت اس نے شاید جیبوں پر دھیان نہیں دیا۔ مجھ سے بھی غلطی ہوئی کہ آتے وقت چیک نہیں کیا۔ آدھے گھنٹے کو مدنظر رکھ کر میں ایک دفعہ پھر گھر کی طرف جا رہا تھا۔ گھر پہنچتے ہی نوکر پر برس پڑا۔ لیکن اس نے بڑی معصومیت سے بتایا کہ "ٹکٹ تو بریف کیس میں رکھ دیا ہے۔" اور اس بار بھی جب میں اسٹیشن پہنچا تو گاڑی جا چکی تھی۔"

ایک طنز نگار کی حیثیت میں مناظر عاشق ہرگانوی نے معاشرے کو اپنے مشاہدے کی جولان گاہ بنایا ہے اور بالعموم ایسی بے اعتدالیوں کو نشان زد کر دیا ہے جن سے انسانی کردار زوال آمادہ نظر آنے لگتا ہے۔ اس عمل میں بھی ہرگانوی صاحب نے بطور مصنف کہیں بھی برتری کا احساس پیدا نہیں کیا بلکہ انھوں نے ایک ایسے ناظر کی حیثیت اختیار کی ہے جس کی دلچسپی صرف بیانِ واقعہ تک محدود ہے۔ گویا وہ حقیقت کا نقاب توسرکا کر اس کی بوالعجبی کو تو آشکار کر دیتے ہیں لیکن اسے اپنے ذاتی تبصرے سے آلودہ نہیں کرتے۔

اس قسم کی ایک صورت یوں سامنے آتی ہے :

"پڑوسی دوست ایک دفتر میں کلرک ہیں۔ کچھ پرانے ہیں، یعنی انہیں دس بارہ سال نوکری کرتے ہوگئے ہیں۔ کبھی کبھی دفتر ٹھیک وقت پر بھی پہنچ جایا کرتے ہیں۔ ویسے ان کا اصول ہے کہ گیارہ اور ساڑھے گیارہ بجے کے درمیان دفتر کے لئے گھر سے نکلتے ہیں۔ کہا کرتے ہیں کہ "جلدی پہنچ جاؤ تو وہی بات اور دیر سے پہنچو تب بھی وہی بات"۔ صرف تنخواہ کے دن وہ دس بجے گھر سے نکلتے ہیں"۔

سید مصطفیٰ کمال نے "شگوفہ" کے "ہندوستانی طنز و مزاح نمبر" میں سوال اُٹھایا تھا کہ:

"رشید احمد صدیقی اور پطرس کے بعد کے دَور میں ہندوستان میں طنز و مزاح کی کیفیت کیا رہی ہے؟ — حسب حال؟ — مائل بزوال؟ یا — رو بہ کمال؟"

اس اہم سوال کے جواب میں ڈاکٹر محمد حسن، ڈاکٹر گوپی چند نارنگ، رشید حسن خاں، ڈاکٹر شمیم حنفی، ڈاکٹر سلیمان اطہر جاوید، ڈاکٹر مظفر حنفی اور ڈاکٹر نثار احمد فاروقی نے ہندوستانی طنز و مزاح کی کیفیت کو رو بہ زوال قرار دیا ہے۔ مجھے حیرت ہے کہ جس ملک میں فکر تونسوی، یوسف ناظم، نریندر لوتھر، برق آشیانوی، مجتبیٰ حسین، ڈاکٹر آزردہ، احمد جمال پاشا، رحمٰن آکولوی، دلیپ سنگھ اور بھارت چند کھنّہ کے پہلو بہ پہلو پرویز یداللہ مہدی، شفیقہ فرحت، شکیل اعجاز جیسے مزاح نگار معاشرے پر باندازِ دیگر نظر ڈال رہے ہوں اور طنز و مزاح لکھ رہے ہوں اس دَور کو رو بہ زوال کیسے قرار دیا جاسکتا ہے۔ ہندوستانی مزاح نگاروں کی اس فہرست میں اب مناظر عاشق ہرگانوی کا نام شامل کرکے مجھے بے پایاں مسرت ہورہی ہے۔ مجھے اعتراف ہے کہ میں نے طنز و مزاح پر جب بھی قلم اٹھایا ہے ان کا نام کسی گفتگو میں درج نہیں کیا۔ وجہ یہ نہیں کہ وہ اس قابل نہیں تھے بلکہ یہ کہ ان کی طنزیہ مزاحیہ تحریروں کو واگھے کی سرحد پار کرنے کی اجازت ہی نہیں ملی۔ اور میں ان کے مطالعے سے محروم رہا۔ اب اس محرومی کا کچھ ازالہ ہوا ہے تو یہ مضمون

لکھ کر ایک انوکھی ہیبت سے سرشار ہوں۔ اور مناظر عاشق ہرگانوی صاحب سے کہہ سکتا ہوں کہ "حضرت! طنز و مزاح لکھیے۔ اس دَور کا روتا بسورتا اور دُکھوں سے مغلوب انسان آپ کے لطیف مضامین کا منتظر ہے۔"

پروفیسر محمد زماں آزردہ (سرینگر)

حرفِ ادب

مناظر عاشق ہرگانوی ان لوگوں میں ہیں جو جیسے سوچتے ہیں ویسے ہی بولتے ہیں اور جیسے بولتے ہیں ویسے ہی لکھتے ہیں۔

انشائیہ نگار کے لئے جرأت اور سلیقہ سب سے پہلی ضرورتیں ہیں اور مناظر عاشق ان دونوں ہتھیاروں سے ہر تحریر میں لیس نظر آتے ہیں۔ ایسی چیزوں کو اپنا موضوع بنانا جن سے اہلِ علم کتراتے ہوں، بڑی جرأت کا تقاضا کرتا ہے اور پھر ان موضوعات کو اس انداز سے برتنا کہ اہلِ علم بھی پڑھتے ہوئے اپنے اندر ایک گدگدی سی محسوس کریں، بڑے سلیقے کی طالب ہوتی ہے ــــ مناظر عاشق موضوعات کے انتخاب میں کھرے اور بے باک ہیں اور ان کا سلیقہ ان موضوعات کو بڑا دلچسپ اور جاذبِ توجہ بناتا ہے۔

بات میں سے بات پیدا کرنے کا فن انھیں خوب آتا ہے۔ عنوان اور موضوع کا آپسی تعلق ایسا ہے جیسا انسان اور انسانیت کا۔ انسانیت کے نہ ہونے سے ہم کسی کو انسان کہنا نہیں چھوڑتے۔ انشائیہ میں یہ بات خاص طور سے سچ لگتی ہے۔ مناظر عاشق کے انشائیوں کا سفر زندگی کا سفر ہے جس کے بارے میں نہ یہ معلوم ہوتا ہے کہ کہاں سے شروع ہوئی اور نہ یہ کہ کہاں پر ختم ہوئی۔ اس کی حیثیت ایک پہاڑی ندی کی ہے، جہاں ڈھلان ملی وہاں رفتار تیز ہوگئی کہ کوئی پار نہ کر سکے اور جہاں ہموار زمین ملی وہاں بچے تک اس کی سست رفتاری کی وجہ سے اس میں نہاتے اور تیرتے نظر آتے ہیں ــــ جہاں سامنے پتھر آئے وہاں رُخ موڑ کے دوسری طرف کو بہنے لگی۔ مگر کسی بھی رکاوٹ سے بہتے رہنے کی صفت ختم نہیں ہوتی ــــ اسی طرح

مناظر عاشق کا انشائیہ بات اور اس کے مختلف پہلوؤں کے اعتبار سے اپنے انشائیہ نگاری کے سفر کی سمتیں، رفتار اور مزاج متعین کرتا جاتا ہے۔ کہیں ضرورت پڑتی ہے تو چھوٹے چھوٹے لطیفے یا واقعات جوڑتے ہوئے چلے جاتے ہیں مگر یہ واقعات پیوند نہیں معلوم ہوتے بلکہ ایک پھول پر نظر آنے والے مختلف رنگوں کی صورت اختیار کرتے ہیں ــــ حالانکہ ایک ہی پھول میں جو مختلف رنگ نظر آتے ہیں ان کا بظاہر آپس میں کوئی تعلق نہیں ہوتا مگر مجال ہے جو آپ نظر ہٹا کے دوسری طرف دیکھنا چاہیں۔

انشائیہ نگار کے لئے زبان پر قابو ہونا ضروری ہے۔ اس میں دونوں چیزیں آجاتی ہیں، قوتِ گویائی اور ذخیرۂ الفاظ بھی۔ اگر اُسے یہ معلوم نہ ہو کہ بات کہاں سے شروع کی جائے مگر یہ معلوم ہونا چاہیئے کہ بات کو کہاں پر ختم کرے۔ مناظر عاشق اس حقیقت سے خوب واقف ہیں۔ اسی لئے ان کی تحریریں جاندار نظر آتی ہیں ــــ اسی طرح سے ذخیرۂ الفاظ کا معاملہ یہ ہے کہ انشائیہ نگار کو اگر یہ معلوم نہ ہو کہ کون سا لفظ استعمال کرے مگر یہ ضرور معلوم ہونا چاہیئے کہ کون سے الفاظ کو کام میں نہ لائے ــــ مناظر عاشق ہرگانوی اس گُر سے واقف ہیں۔ اسی سبب سے ان کی تحریریں بوجھل نظر نہیں آتیں۔

اس مختصر سے مضمون میں ان کی جملہ خوبیوں کا احاطہ تو نہیں کیا جاسکتا البتہ کچھ اقتباسات پیش کر کے قارئین پر ہی فیصلہ چھوڑ دیا جاتا ہے:

• ناک میں دَم کرنے والے مچھر بڑے مستقل مزاج ہوتے ہیں۔
کچھ بھی کیجئے اپنے گیت گنگناتے چلے آتے ہیں، اور یکجہتی کا سبق دیتے ہیں کیونکہ کاٹتے وقت کسی کا مذہب نہیں دیکھتے اور نہ قومیت کا اندازہ لگانے کے لئے نام پوچھتے ہیں۔ (مچھر)

• تبصرہ وہ باا‌ثر تصویر ہے جو کتاب یا رسالہ سے تعلق پیدا کراتی ہے اور اس کے بارے میں رہبری کرتی ہے۔ لیکن یہ معنی تو سنجیدہ لوگوں کے لئے ہے اور ان لوگوں کے لئے جو نپٹ جاہل ہیں اور جن کے نزدیک

کالا حرف، سفید حرف، سیاہی سے لکھا ہوا ہرا پیلا حرف یا پنسل سے لکھا ہوا حرف' بھی بھینس کے برابر ہے۔ حالانکہ بھینس کے دودھ سے صحت بنتی ہے، دماغ بڑھتا ہے اور آنکھوں کو روشنی ملتی ہے۔ مگر جن کے پاس یہ بھینس ہوتی ہے وہی لاغر، کند ذہن اور اندھے ہوتے ہیں" (تبصرہ)

"خوشی تو نہیں ہوگی، دکھ ہوگا اور اس دکھ کی حالت میں' میں آپ کو خط لکھوں گی۔ محبت بھرا خط۔ جیسا خط غزالہ، آسیہ اور زہرا اپنے شوہروں کو لکھتی ہیں۔ آپ نے مجھے آج تک ایسا خط لکھنے کا موقع نہیں دیا" اہلیہ محترمہ کی خواہش دکھ دیکھ کر مجھے بھی دلی دکھ ہوا کہ میں نے کبھی انھیں اس طرح کا موقع کیوں نہیں دیا۔ میری جدائی میں جل کر آہیں بھرنے اور کاغذ رنگنے کی خواہش یقیناً فطری ہے، میں ان کی خواہش کا گلا گھونٹ کر اپنے اوپر خون لینا نہیں چاہتا تھا"

(خط لکھیں گے گرچہ...)

"ایک دن سیٹھ کریم نے اپنی بیوی سے کہا "اس بار کیا کہتی ہو؟"

"تم بھی بڑے ویسے آدمی ہو۔ ہمارے تمھارے چاہنے سے کیا ہوگا، سب خدا کی مرضی سے ہوتا ہے"

"آہاہاہا۔ اب تک تو تمھاری مرضی سے ہوا اور اب جبکہ میرے جیتنے کا وقت آیا تو کہتی ہو خدا کی مرضی سے سب کچھ ہوتا ہے"

(عقل کے دشمن)

"... اپنے بالوں میں زور سے کنگھی کیجئے۔ اگر آپ کی کنگھی میں بال آجائیں تو سمجھ جائیے کہ آپ کے بال جھڑ رہے ہیں"

میں سمجھتا ہوں کہ اس طریقے کے بعد صرف ان ہی لوگوں کے بال نہیں جھڑیں گے جن کے بالوں کی جڑ میں سمنٹ جما ہوا ہو...

اپنے بالوں کی اس مَن مانی کو کیا کروں کہ بغیر بال بڑھاؤ تیل لگائے
جھڑنے لگتے ہیں۔ (داستان بال جھڑنے کی)

مناظر عاشق ہرگانوی کی تحریر ایسی ہی ہے کہ آپ شخصیت کے اور گرویدہ ہو جاتے ہیں۔ آپ ان سے گفت گو کیجیے یا چپ چاپ ان کے سامنے بیٹھے رہیے یا ان کی تحریر پڑھیے، ہر چیز میں آپ کو یکساں لطف ملے گا۔ یہی وجہ ہے کہ جنھوں نے صرف ان کی تصویر دیکھی ہے وہ بھی ان کے گرویدہ ہیں، جنھوں نے ملاقات کی ہے وہ بھی اور جنھوں نے صرف تحریریں پڑھی ہیں وہ بھی ان پر جان چھڑکتے ہیں۔

خوشامدی

جس طرح چرند پرند پیدا ہوتے ہیں اسی طرح خوشامدیوں کی بھی پیدائش ہوتی ہے۔ دوسرے فنکاروں کی طرح ان کی فنکاری بھی مشہور ہے۔

چونکہ ہر کوئی فنکار نہیں بن سکتا اسی طرح ہر کسی کے بس میں خوشامدی ہونا ممکن نہیں ہے کیونکہ اس کے لئے بھی جوہر کی ضرورت ہے۔ اور جوہر ریوڑی نہیں ہے کہ ہر کسی کے حصے میں آجائے۔ ریوڑی کی قیمت بھی پینتیس چالیس روپے کیلو ہے۔ جوہر تو جوہر ہے۔ انمول!

خوشامدی بھی انمول ہوتے ہیں۔ میں انھیں اسی عقیدت اور احترام سے دیکھتا آیا ہوں۔ عقیدت تو مجھے شہنشاہِ موسیقی بیتھوون سے بھی ہے اور اپنی ریاست کے وزیر اعلیٰ سے بھی ہے۔ لیکن خوشامدیوں سے عقیدت کی بات جداگانہ حیثیت رکھتی ہے۔

پہلے پہل خوشامدی میری نظر میں عام سی شئے تھی۔ بعد میں یہ شئے سے آدمی بنے اور اب میں ان کی فنکاری کا گرویدہ ہوں۔

جس طرح ہر آدمی بیتھوون کی سمفنی نہیں تیار کر سکتا اسی طرح خوشامد ہر کسی کے بس میں نہیں ہے۔ خوشامدی یا تو فطرت سے اپنا مزاج ادھار لے کر آتے ہیں یا مجرب نسخہ استعمال کر کے بنتے ہیں۔ سچ تو یہ ہے کہ جتنی ریاضت کسی عابد یا صوفی کو کرنی ہوتی ہے، اتنی ہی مشقت سے کسی خوشامدی کو گذرنا ہوتا ہے۔ ایسا نہیں کرنے پر وہ ایماندار بن جائے گا اور بہادر، جری اور حوصلہ مند قطعی نہیں رہے گا۔

خوشامدی ہونے کے لئے نفسیاتی نکتہ یہ ہے کہ آدمی میں مجرمانہ ذہنیت ضروری ہے۔

جب تک روح کو مار کر، کچل کر، لہو لہان کر کے بے ضمیر نہیں ہو جاتا تب تک کوئی خوشامدی کامیاب نہیں سمجھا جائے گا۔ کامیابی کی بھی سیڑھیاں ہوتی ہیں۔ اس سیڑھی پر چڑھنے والے طرح طرح کے لوگ کرتب دکھاتے رہتے ہیں۔ کامیابی حاصل کرنے کے لئے باپ بیٹے کے امتحان میں چٹ پُرزہ پہنچا کر مدد کرتا ہے۔ کامیابی سے ہمکنار ہونے کے لئے ایک ٹس مین اپنی بیوی کو رات کی تنہائی میں اعلیٰ افسر یا بیوپاری کے یہاں بھیجتا ہے۔ کامیابی حاصل کرنے کے لئے اچھا بھلا ایمبسڈر اپنے ملک سے غداری کرتا ہے اور دشمن ملک کو راز پہنچاتا ہے۔ اسی لئے کامیاب خوشامدی ہونے کے لئے بے ضمیری پہلی شرط ہے اور مجرمانہ ذہنیت تو جزو لاینفک ہے۔ ان دونوں کا چولی دامن کا ساتھ ہے۔ چولی دامن پر مجھے یاد آرہا ہے کہ اب یہ محاورہ بچے بچے کی زبان پر ہے۔ مگر نہیں۔ دامن کو بیچ میں لانا ضروری نہیں ہے۔ معاملہ صرف چولی تک محدود ہے۔ ہمارے فلمی شاعر اب تصور کی دنیا میں نہیں جیتے بلکہ سائیڈ ہیروئنوں کے اندر تک جھانکنے میں ملکہ رکھتے ہیں۔ ایک زمانہ تھا جب ہیروئن کے ظاہری خدوخال پر ہی باتیں ہوا کرتی تھیں۔ ولی، قلی قطب شاہ تک ہی نہیں میر، غالب اور فراق تک بھی نے کپڑے کے اندر ہیروئن اور سائڈ ہیروئن کو دیکھا تھا۔ اور آج جب یہ صدی ختم ہونے کو ہے تو شاعر حضرات چولی کے اندر جو کچھ ہے اس کا ڈھنڈورہ زور زور سے پیٹ رہے ہیں اور نابالغوں کو زبردستی بالغ کرنے پر تلے ہوئے ہیں۔ میرے خیال میں ایسے شاعر بغیر چشمہ لگائے مجرمانہ ذہنیت رکھتے ہیں اور اپنی روح، پاک روح کا گلا دبا کر اسی گروہ سے تعلق رکھتے ہیں، جہاں خوشامدی پروان چڑھتے ہیں۔ ان پروان چڑھتے ہوئے خوشامدیوں کی وجہ سے ہی آج پاک صاف روح والے یا تو نوکری نہیں پاتے یا ملازمت میں پروموشن سے مبرا رہ جاتے ہیں۔

خوشامدی کی ایک زبردست پہچان یہ ہے کہ چہرہ بدلنے میں انھیں مہارت حاصل ہوتی ہے۔ ویسے بھی اس کا چہرہ اس کے ہاتھ میں ہونا چاہیئے۔ جب چاہے اس پر ہمدردی کی لیپا پوتی کر لے یا جب چاہے رحمدلی کے گل بوٹے کھلا لے۔

خوشامدی کے لئے انسانی نفسیات کا ماہر ہونا لازمی ہے۔ جس کی خوشامد کرنی ہو

اس کی ہر سانس سے واقفیت اور رطب اللساں ہونے کا ہُنر آتا ہو اور خرگوش کی سُرخ آنکھوں کی طرح اپنی پُر فریب نظروں کو اِدھر اُدھر گھماتا رہتا ہو۔ ایک بار ایک محترم اپنے ایک خوشامدی کے ساتھ سفر کر رہے تھے۔ یکایک ٹی ٹی اسی کمپارٹمنٹ میں داخل ہوا۔ ان صاحب نے اپنی جیب میں ہاتھ ڈالا، ٹکٹ نہیں ملا۔ بریف کیس میں دیکھا، پھر بڈنگ کھولنے لگے۔ خوشامدی نے ٹی ٹی سے کہا "جناب، کیا یہ شکل سے شریف نہیں لگتے؟ کیا یہ بلا ٹکٹ چل سکتے ہیں؟ آپ تو چہرہ پڑھنے کے عادی ہیں۔ بھانت بھانت کے لوگوں کو روز پرکھتے ہیں۔ ان کے پاس ٹکٹ ہے، اسے آپ مان لیں۔"

"ہاں، آپ ٹھیک کہتے ہیں۔" اور ٹی ٹی دوسرے مسافر کی طرف متوجہ ہو گیا!

ایسے بے ضرر خوشامدیوں کی تعداد کم ہے۔ البتہ چالاک خوشامدیوں کی برات ہر جگہ نظر آتی ہے۔ کہیں بینڈ باجے کے ساتھ، کہیں ہاتھ میں ڈفلی لئے اور کہیں صرف کاسہ لیسی۔ ان چالاکوں میں لومڑی والی فطرت کے خوشامدی بھی ہوتے ہیں۔ ایک خوشامدی بہت دنوں کے بعد اپنے گاؤں گیا۔ وہ منسٹر صاحب کا مُنہ لگا چپراسی تھا۔ سرکاری طور پر وہ ملازم نہیں تھا۔ ہاں، غیر سرکاری طور پر منسٹر صاحب کے ساتھ تھا۔ گاؤں میں اس کے ایک لنگوٹیا نے پوچھا "کتنی تنخواہ مل جاتی ہے؟"

خوشامدی نے فخر سے کہا "میری اور منسٹر صاحب کی تنخواہ کُل ملا کر مہینے میں گیارہ ہزار روپے ہو جاتی ہے۔"

کچھ خوشامدی غیرت دار بھی ہوتے ہیں۔ اور اپنی آن بان وشان کو بنائے رکھنے کی فکر ضرور کرتے ہیں۔ اسٹیج پر مقرر نے تقریر شروع ہی کی تھی کہ خوشامدی موصوف غصے میں کھڑے ہو گئے۔ اور لپکتے جھپکتے پنڈال سے نکل گئے۔ پھر چند منٹ بعد جب لوٹے تو ان کے ہاتھ میں ایک ڈنڈا تھا۔ منتظمین میں سے ایک نے پوچھا "آخر ماجرا کیا ہے؟"

"میں فلاں صاحب کو تلاش کر رہا ہوں جنھوں نے مجھے یہ کہہ کر بلایا تھا کہ مقرر صاحب سے پہلے مجھے ان کے بارے میں چند منٹ بولنا ہے۔ مجھے یہ موقع نہیں دیا گیا اور مقرر صاحب

تقریر کر رہے ہیں:

ایک طرف خوشامدیوں کی دوسری قطار نظر آتی ہے جو اپنے موصوف کے یہاں سنترے کا پٹارا پہنچاتے ہیں اور موصوف کے لئے ان کا من پسند چاٹ لے جانا نہیں بھولتے۔ ایسے بھی خوشامدی ملتے ہیں اور وافر مقدار میں ملتے ہیں جو آفس جانے میں پابندی نہیں برتتے لیکن صاحب موصوف کے گھر پر ٹائم سے جاتے ہیں اور مکھن پالش سے لیس ہو کر جاتے ہیں۔ یہ ان کی نظر میں وفاداری ہے۔

میرے ایک اچھے بھلے، پڑھے لکھے اور بیحد متین و سنجیدہ دوست ابھی حال ہی میں اس لت کے شکار ہوئے ہیں۔ یعنی وہ خوشامدی بنے ہیں۔ ہوا یہ کہ انھیں اپنے بھتیجے کے لئے ایک عدد نوکری کی ضرورت تھی۔ اور آپ جانتے ہیں کہ آج کے پُر آشوب دَور میں سب کچھ مل سکتا ہے۔ بھی کچھ۔ لیکن نوکری ملنی بیحد دشوار ہے۔ سُنا ہے، لوگ اس کام کے لئے ایک دوسرے کو زبردست طریقے سے جھانسا بھی دیتے ہیں۔ لیکن میرے دوست موصوف کا معاملہ کچھ جداگانہ ہے۔ انھوں نے مقامی اسکول میں ایک خالی جگہ کا اشتہار پڑھا۔ جگہ ماسٹر کی تھی۔ اور کنڈیڈیٹ بلوائے گئے تھے۔ یعنی قبل سے کوئی درخواست نہیں دینی تھی بلکہ مقررہ تاریخ کو روبرو سکریٹری تک پہنچ جانا تھا۔ دوست موصوف کو اپنے بے روزگار بھتیجے کی بہت فکر تھی۔ وہ اس کی قابلیت کے چشیدہ تھے کیونکہ ان کے لئے اکثر و بیشتر درخواستیں وغیرہ وہی لکھتا تھا۔ اس لئے رشتے کی مجبوری اور اخلاقی تقاضے کی روشنی میں بھتیجے کے سیاہ حال میں اُجالا پھیلانے کا فیصلہ انھوں نے کیا۔ جن کے پاس صلاحیت کے سوا سب کچھ ہوتا ہے انھیں چانس مل جاتا ہے، یہ کہاں کا انصاف ہے۔ ایسی رائے میرے دوست موصوف رکھتے تھے۔ اسی لئے وہ اسکول کے سکریٹری کے پاس پہنچے جو اتفاق سے میونسپلٹی کے پریسیڈنٹ بھی تھے۔ ان میں بڑے آدمی کی اکڑ کی ہر خوبی موجود تھی۔ جس کا ایک ثبوت یہ ہے کہ وہ اپنے سے کم رتبہ اور چھوٹے آدمیوں سے حقارت سے ملتے تھے۔ حالانکہ میونسپلٹی کا ایک شعبہ ایسا ہوتا ہے جس میں صرف چھوٹے لوگوں کی ہی گنجائش ہوتی ہے اور جو چیئرمین یا پریسیڈنٹ کی مرضی سے صفائی کم کرتے ہیں اور گندگی کا ڈھیر زیادہ

لگاتے ہیں۔ اس جمع و تفریق کو جاننے کے باوجود میرے دوست موصوف ان سے ملنے پہنچ گئے۔ اُس وقت وہ ٹرک پر لدی ہوئی لکڑیوں کا حساب لے رہے تھے۔ یہ لکڑیاں ناجائز طور پر جنگل سے کاٹ کر منگوائی گئی تھیں اور اب کھلے بازار میں پہنچنے والی تھیں۔ میرے دوست کو دیکھ کر پریسیڈنٹ یا چیئرمین صاحب نے کہا کہ برآمدے میں بیٹھو۔ پھر وہ ڈرائیور سے رینجر کا حساب کرنے لگے جس کی مدد سے جنگل میں منگل منایا جا رہا تھا۔ آخر اپنا کام ختم کر کے وہ آفس میں آ گئے اور دوست موصوف کو بلوا بھیجا۔

"آپ کی تعریف؟" انھوں نے پوچھا۔

"آپ کے ہی شہر کا ایک باشندہ ہوں"! میرے دوست اپنے ہونٹوں پر مدھم مسکان لانے کی ناکام کوشش کرتے ہوئے بولے۔

"وہ تو ٹھیک ہے" پریسیڈنٹ یا چورمین، معاف کیجئے چیئرمین صاحب تلخی سے بولے "اس شہر کا ہر آدمی شہری ہے جو اُچکا بدمعاش بھی ہو سکتا ہے اور شریف دیانتدار بھی۔ مگر آپ کون ہیں؟"

دوست کی سمجھ میں نہیں آیا کہ کس ادا سے ان پر حاوی ہوں۔ بڑے ہی بھونڈے طریقے سے انھوں نے اپنا کام بتانے کی کوشش کی۔

"کس کام سے آئے ہیں؟" پوچھا گیا۔

"ایسے ہی تھوڑا ۔ ۔ ۔" دوست موصوف بیچ میں ہی اٹک گئے۔ ایک بار پھر کشمکش میں مبتلا ہو گئے کہ کس مٹھاس سے مدعا بیان کریں۔ دراصل وہ کتابی کیڑے تھے۔ آفس وغیرہ کے چکر سے کوسوں دور رہتے تھے۔ بابوؤں اور افسروں سے ان کا پالا شاذونادر ہی تھا۔ اختر شیرانی سے شاذ تمکنت تک، وزیر آغا سے گوپی چند نارنگ اور جگن ناتھ آزاد تک، مظہر امام اور جمیل جالبی سے ماجد الباقری اور مرزا ادیب تک، بائرن کیٹس اور ایلیٹ تک سے ان کا پالا روز پڑتا تھا بلکہ یہ سب ان کے بستر کی زینت تھے۔ یہی وجہ ہے کہ دوست موصوف شکلاً زیادہ پڑھے لکھے لگتے تھے۔ میونسپلٹی کے پریسیڈنٹ یا چیئرمین نے ان کی ہکلاہٹ سے انھیں گاؤدی سمجھا، اور

انھیں گھورنے لگے۔ دوست موصوف کی سمجھ میں کچھ نہیں آیا تو انھوں نے بھی باقاعدہ انھیں گھورنا شروع کر دیا۔ چند لمحے گھورا گھوری میں قتل ہو گئے۔ آخر ان سے پوچھا گیا:

• کیا تانگے کا لائسنس رینیو کرانے آئے ہیں؟"

• جی نہیں۔ جی نہیں۔ آپ نے ایسا کیونکر سوچ لیا۔ میں تو بھتیجے کو رینیو کرانے آیا ہوں" گھبراہٹ میں دوست موصوف بول گئے۔

• ایں۔۔۔؟ انھوں نے تقریباً چیخ کر سوالیہ نگاہ ڈالی۔

دوست موصوف کو اپنی غلطی کا احساس فوراً ہوا۔ نتیجے میں سدھار کی طرف ان کا ذہن منتقل ہوا لیکن لاشعوری طور پر ان کی حرکتیں کراہ کی شکل میں ظاہر ہونے لگیں اور ماحول بے حد بھونڈا ہو گیا۔ لکنت ایسی تھی کہ ان کے مُنہ سے کچھ بھی صاف صاف نہیں نکل رہا تھا۔ پھر وہ یکایک بیحد سنجیدہ ہو گئے۔ اپنی ہیئت کذائی پر نادم بھی ہوئے اور بغیر آداب سلام کے میونسپلٹی آفس سے باہر نکل آئے۔

لیکن انھیں چین نہیں ملا۔ رہ رہ کر دُکھ ہوتا رہا کہ وہ ویسا کیوں نہیں بن سکے جیسا وہ چاہتے تھے۔ اپنے جیسا بنے رہنا ہی تو سب سے بڑی لعنت ہے۔ دوست موصوف سوچتے رہے کہ جائز طور پر مُدعا بیان کرنا کیا اتنا ہی مشکل کام ہے۔ سنجیدہ آدمی کے لئے مشکل کچھ بھی نہیں ہے۔ پھر انھوں نے اپنے بھتیجے کے لئے کچھ کیوں نہیں کیا۔ ڈگری بدست بھتیجہ یوں ہی بیکار کب تک رہے گا ـــ کب تک رہے گا۔ سوچتے سوچتے دوست موصوف کی حالت یوں ہو گئی کہ ایک دن انھوں نے چولا بدل لیا، ایمانداری کا غلاف لپیٹ لیا اور بستر کی کتابوں کو جھاڑ کر عملی دنیا میں نکل پڑے۔

کچھ عرصہ بعد مجھ سے ملاقات ہوئی تو ان کا رہن سہن ان کی چال ڈھال دیکھ کر دنگ رہ گیا۔ زبان قینچی کی طرح تیز چل رہی تھی۔

• سینیئر۔ یہ دراصل ڈِس کوالی فکیشن ہے۔ میں اپنے چہرے کھولے کر کب تک روتا رہتا۔ آج میں ایم پی صاحب، ڈائریکٹر صاحب، ایم ایل اے صاحب، چیئرمین صاحب اور فلاں فلاں صاحب کے ساتھ ہوں۔"

"بھتیجے کو نوکری ملی یا نہیں؟"

"جلد ہی ملنے کی توقع ہے۔ اونچے لوگوں کا ساتھ ابھی نیا نیا ہوا ہے۔"

میں نے دل ہی دل میں سوچا۔ ابھی خوشامدی نئے نئے بنے ہو بچو! تم سے پرانے گھاگ اپنا اُلو سیدھا کر رہے ہوں گے۔ تمھیں وقت تو لگے گا ہی!

زمانہ جس تیزی سے بدل رہا ہے، اسی تیزی سے خوشامدیوں کی تعریف بھی بدلتی جارہی ہے۔ مجھے نہیں لگتا کہ نئی صدی شروع ہوتے ہوتے کوئی ایک فرد بھی اس لت سے محفوظ رہ سکے گا۔ واللہ اعلم!!

●●

انسان ساز

(پردہ اٹھتا ہے)

(ایک مکان کا ڈائننگ روم۔ ٹیبل پر ناشتہ رکھا ہوا ہے۔ ڈاکٹر صاحب، شہلا اور شاہدہ ناشتہ کر رہے ہیں۔ اسی وقت ارشد ایک شخص کے ساتھ داخل ہوتا ہے)

ارشد : ڈیڈی، یہ سلیم ہے۔ میرا دوست۔ ان دنوں منتھلا یونیورسٹی میں لکچرر ہے۔ ہم دونوں سائنس کالج کے ہاسٹل میں روم میٹ تھے۔

ڈاکٹر صاحب: ہاں، یاد آیا۔ تم اپنی طالب علمی کے زمانے میں ان کی بیحد تعریف کیا کرتے تھے۔

ارشد : بیٹھو سلیم۔ تمہیں ان لوگوں سے تعارف کرا دوں۔ یہ ہیں میرے ڈیڈی ''ای۔ این۔ ٹی۔ اسپیشلسٹ۔ یہ میری بہن ڈاکٹر شہلا ہے، ہارٹ اسپیشلسٹ۔ اور یہ میری وائف شاہدہ ہیں۔

سلیم : غالباً یہ بھی ڈاکٹر ہیں۔ تم نے خط میں لکھا تھا۔ آپ کس بیماری کی اسپیشلسٹ ہیں؟

ارشد : یہ میٹرنیٹی اسپیشلسٹ ہیں۔

سلیم : اوہو۔ لیکن زمانے کے لحاظ سے انھیں ضبطِ تولید اسپیشلسٹ ہونا چاہیئے۔

(سبھی ہنستے ہیں)

ڈاکٹر صاحب : غالباً تم ہمارے یہاں پہلی بار آئے ہو؟

سلیم : جی ہاں، ارشد کی شادی میں آنا چاہتا تھا لیکن عین موقع پر بیمار پڑ گیا۔
شہلا : آپ کو چلا آنا چاہیئے تھا۔ یہاں چار چار ڈاکٹر ہیں۔ آپ کی بیماری ہوا ہو جاتی۔
سلیم : بس غلطی ہو گئی۔
ڈاکٹر صاحب : اِن دنوں یونیورسٹی بند ہے، شاید۔ کب کھلے گی ؟
سلیم : ایک مہینہ کے بعد۔
ڈاکٹر صاحب: تب یہیں آرام سے چھٹیاں گزارو۔ یہاں موسم بھی اچھا ہے۔
شہلا : گھر کی طرح رہیئے یہاں۔
سلیم : گھر کی طرح ! تب تو گھر سے باہر رہنے کا مزہ ہی جاتا رہے گا۔
شاہدہ : مذاق چھوڑو۔ شہلا ٹھیک کہہ رہی ہے۔
سلیم : لیکن ڈاکٹروں کے بیچ رہ کر میں کیسا محسوس کروں گا ؟
شہلا : ہمیشہ یہی محسوس کریں گے کہ بیماری نزدیک نہیں پھٹکے گی۔ جانتے ہیں، بیماری ہمارے محلّے سے گزرتے ہوئے خوف کھاتی ہے۔
سلیم : یقیناً خوف کھاتی ہوگی۔ اور ارشد، میں تو تمہیں مشورہ دوں گا کہ ڈاکٹر بنانے کے لئے تم اپنے بچے کو میڈیکل کالج بھیجنے کے چکر میں نہ پڑنا۔
ارشد : کیوں ؟
سلیم : اس لئے کہ تم دونوں کے ڈاکٹر ہوتے ہوئے تمہارا بچہ ڈاکٹری سرٹیفکیٹ کے ساتھ پیدا ہوگا۔ آچھیں، اچھیں، آچھیں ... آآ ... آ ... چھیں۔
ارشد : ارے تمہیں چھینکیں آ رہی ہیں !
سلیم : نہیں کوئی ... آچھیں ... بات نہیں ... چھیں ... ہے۔
ڈاکٹر صاحب: بات کیوں نہیں ہے۔ یہ چھینکیں غیر معمولی ہیں۔
شہلا : جی ہاں، یہ چھینکیں یوں ہی نہیں ہیں۔
ارشد : چلو، سلیم، اندر کمرے میں چلو۔ تمہارا یہاں بیٹھنا مناسب نہیں۔

ڈاکٹر صاحب : (نوکر کلو کو آواز دیتے ہوئے) اے کلو، اِدھر آؤ۔ جلدی۔

(کلو داخل ہوتا ہے)

کلو : جی صاحب۔

ڈاکٹر صاحب: دیکھو، یہ صاحب مہمان آئے ہیں۔ ارشد کے کمرے کے بغل والا کمرہ ان کے لئے کھول دو۔ ان کی طبیعت ٹھیک نہیں ہے۔

کلو : (جاتے ہوئے) اچھا صاحب۔

سلیم : (ارشد کے ساتھ کمرے کی طرف بڑھتے ہوئے) دوست، مجھے بیمار کیوں بنا رہے ہو۔ میں ایک دم ٹھیک ہوں۔

ارشد : ابھی ٹھیک ہو۔ لیکن کسی وقت بھی بخار آسکتا ہے۔

سلیم : کہیں اس دُور اندیشی کے چکر میں میرا کھانا بند مت کرا دینا۔

ارشد : بس۔ چپ چاپ لیٹ جاؤ۔ کھانا تو بند ہوگا ہی۔ صرف پھل، دُودھ اور کافی کی اجازت ملے گی۔

سلیم : (بستر پر بیٹھتے ہوئے) گُمریار، مَیں صبح سے بھوکا ہوں۔ تم جانتے ہو، میں سفر میں کھانے کا عادی نہیں ہوں۔ اب اس وقت ناشتے کی میز پر بیٹھا ہی تھا کہ۔۔۔!

ارشد : (بات کاٹتے ہوئے) باتیں پھر ہوں گی۔ پہلے ہاتھ بڑھاؤ، نبض دیکھوں گا۔

سلیم : تم بخار دیکھنا چاہتے ہو۔ لو، دیکھو۔ تمہیں کچھ نہیں ملے گا۔

ارشد : (کلو کو آواز دیتے ہوئے) کلو، ذرا میرے کمرے سے میرا باکس لے آنا۔

(کلو فوراً باکس دے جاتا ہے)

سلیم : اب کیا ارادہ ہے؟

ارشد : (باکس سے سرنج نکالتا ہے) انجکشن دینا ضروری ہے۔

سلیم : تم نہیں مانوگے۔

ارشد : (سیرنج بھر لینے کے بعد) ہاتھ دو، ہاں! من مانی بیمار کی نہیں چلتی، ڈاکٹر کی چلتی ہے

سلیم : ٹھیک کہتے ہو۔ جس پر من مانی کرنی ہو اسے پہلے بیمار بنا دو۔ لو، لگاؤ انجکشن

(ارشد انجکشن لگاتا ہے۔ سلیم منہ بناتا ہے)

ارشد : تم بہت ہی پیارے دوست ہو۔

سلیم : سبھی ڈاکٹر کی نظر میں ہر بیمار پیارا لگتا ہے۔

ارشد : اچھا۔ اچھا۔ زیادہ بڑ بڑ نہ کرو۔ یہ چار ٹیبلٹس رکھ رہا ہوں۔ ایک گھنٹے کے بعد دو کھا لینا اور رات کو سوتے وقت دو، پانی کے ساتھ۔

سلیم : اس کے بعد؟

ارشد : اوہ! تم نے ٹھیک یاد دلایا۔ ذرا زبان دیکھوں۔ ہاں، اور باہر نکالو۔ اچھا اب سینہ دیکھنے دو۔ (اسٹیتھسکوپ سے دیکھتا ہے) سانس کھینچو زور سے ۔ ۔ ۔ چھوڑو۔ ہاں۔ اب مجھے بلڈ پریشر بھی دیکھ لینے دو۔

سلیم : آخر اس سے فائدہ؟

ارشد : ہر بیمار اسی طرح کے سوالات کرتا ہے۔ خاص کر پڑھا لکھا بیمار۔ آج کل پڑھے لکھوں کا علاج کرنا نہایت مشکل کام ہے۔

سلیم : اناڑی لوگ ایسا کہتے ہیں۔

ارشد : کیا میں اناڑی ہوں؟ باتیں کرنے کی تمھاری پرانی عادت نہیں گئی ہے۔

سلیم : کھانا تو ملے گا نا؟

ارشد : قطعی نہیں۔ تمھیں پھلوں کے سوا کچھ نہیں کھانا ہے۔

سلیم : نہ معلوم کس گناہ کی سزا مل رہی ہے۔

ارشد : کل صبح تمھارا اسٹول اور یورین ٹیسٹ ہوگا۔

سلیم : کیوں؟ آخر مجھے بیماری کیا ہے؟

ارشد : دراصل بیمار کی ہر چیز ہم ٹیسٹ کرتے ہیں۔ جہاں تک بیماری کا سوال ہے، مجھے لگتا ہے تمھارا ایک لنگ افیکٹڈ ہے۔

سلیم : افیکٹڈ... مطلب یہ ہے کہ مجھے ٹی بی ہے؟

ارشد : آثار ایسے ہی لگتے ہیں۔

سلیم : کیا کینسر بھی ہو سکتا ہے؟ یا ڈنگو ہونے کا خطرہ تو نہیں؟

ارشد : ابھی کچھ نہیں کہہ سکتا۔ ویسے ٹی بی ہی ہے تو فکر کی بات نہیں۔ یہ مرض لاعلاج نہیں ہے۔

سلیم : کیا تم سنجیدہ ہو؟ ویسے تم کس بیماری کے اسپیشلسٹ ہو؟

ارشد : ٹی بی اسپیشلسٹ۔

سلیم : تب تو مجھے ضرور ڈرنا چاہیئے۔

ارشد : کیوں؟

سلیم : مجھ میں ٹی بی پیدا کر کے چھوڑ دو گے۔

ارشد : بکواس نہیں۔ اچھا، میں ڈیوٹی پر جا رہا ہوں۔ کوئی ضرورت ہو تو کلو کو پکار لو گے۔

(ارشد کے جاتے ہی ڈاکٹر صاحب آجاتے ہیں۔ ہاتھ میں باکس ہے)

ڈاکٹر صاحب : کیسی طبیعت ہے سلیم؟ تمھیں اس طرح بیٹھے نہیں رہنا چاہیئے۔ لیٹ جاؤ۔

سلیم : میں بالکل ٹھیک ہوں۔

ڈاکٹر صاحب : تمھارے کہنے سے میں نہیں مان سکتا۔ اگر بیمار نہیں ہو تو کیا، ہو سکتے ہو۔ اس طرح بیٹھے رہو گے تو اِئر، نوز، تھروٹ پر بُرا اثر پڑ سکتا ہے۔

سلیم : (لیٹتے ہوئے) بجا فرمایا۔ آپ ای این ٹی کے اسپیشلسٹ ہیں نا۔

ڈاکٹر صاحب : ہاں! اچھا، نبض دکھاؤ... زبان نکالو۔

سلیم : ابھی ارشد دیکھ کر گیا ہے۔

ڈاکٹر صاحب : وہ بچہ ہے۔ مجھے دیکھنے دو۔ اب چھاتی... سانس زور سے کھینچو... چھوڑو... اب پیٹھ دکھاؤ... پہلے کی ہی طرح سانس کھینچو... چھوڑو... اب یہ تھرمامیٹر لگاؤ۔

سلیم : بلڈ پریشر تو نہیں دیکھیں گے نا؟

ڈاکٹر صاحب : وہ بھی دیکھ لیتا ہوں ... اور ایک انجکشن بھی دے دیتا ہوں۔

سلیم : ابھی ارشد دے کر گیا ہے۔

ڈاکٹر صاحب : (انجکشن دیتے ہوئے) ارشد اور میرے تجربے میں آسمان زمین کا فرق ہے۔ ایک شیشی دیتا ہوں۔ اس میں تمہارے لئے دوا ہے۔ تین تین گھنٹے بعد لیتے رہنا۔

(باکس سے شیشی نکال کر دیتے ہیں)

سلیم : مجھے بیماری کیا ہے؟

ڈاکٹر صاحب : لگتا ہے، تمہارے گلے کی خرابی کی وجہ سے یہ سب کچھ ہے۔

سلیم : لیکن گلا تو میرا صاف ہے۔

ڈاکٹر صاحب: ابھی تو مجھے بھی صاف لگتا ہے لیکن کون کہہ سکتا ہے کہ کل وہ ایسا ہی رہے۔

سلیم : میرے اِنٹر اور لوز میں بھی خرابی ہو سکتی ہے۔

ڈاکٹر صاحب : میں اس پر بھی غور کر رہا ہوں۔ لیکن گلا کی خرابی ہی سمجھ میں آرہی ہے۔ مجھے ڈر ہے کہ کہیں کینسر نہ ہو جائے۔

سلیم : یا خدا ... کیا آپ کینسر کے بھی اسپیشلسٹ ہیں؟

ڈاکٹر صاحب: نہیں۔ مگر تم فکر مت کرنا۔

سلیم : کھانا تو کھا سکتا ہوں؟

ڈاکٹر صاحب : ابھی نہیں۔ تین دن بعد۔ جب تک مرض کا پورے طور پر پتہ نہ چل جائے کھانا بند رہے گا۔ پھل، دُودھ، چائے استعمال میں رکھو۔

سلیم : اچھی بات ہے۔

ڈاکٹر صاحب: میں جا رہا ہوں۔ اگر کوئی تکلیف ہو تو اطلاع دینا۔

(ڈاکٹر صاحب جاتے ہیں۔ اور ابھی سلیم سانس بھی نہیں لے پاتا ہے کہ شاہدہ کمرے میں داخل ہوتی ہے۔ اس کے ہاتھ میں باکس ہے)

شاہدہ : کہو سلیم۔ طبیعت کیسی ہے؟ تمہاری حالت سے ہم سب بیحد فکر مند ہیں۔

سلیم : شکریہ۔ بہت بہت شکریہ۔

شاہدہ : ذرا نبض دیکھوں۔

سلیم : میں سب کچھ دکھا چکا ہوں بھابھی۔ ایک بار نہیں، دو بار۔

شاہدہ : کوئی فرق نہیں پڑتا ہے۔ بار بار دکھانے سے بیمار کا کیا جاتا ہے۔

سلیم : (ہاتھ آگے کرتا ہے) دیکھئے نبض دکھانے کے بعد زبان، سینہ اور پیٹھ بھی دکھا دوں گا۔ تھرمامیٹر بھی لگا لوں گا۔

شاہدہ : بہت سمجھدار ہو۔ اب زبان دکھاؤ... اب چھاتی... سانس کھینچو... چھوڑو...

سلیم : تھرمامیٹر لگانے سے کوئی فائدہ نہیں۔

شاہدہ : کیوں؟

سلیم : دو بار لگا چکا ہوں۔ دونوں بار نارمل آیا ہے۔

شاہدہ : آج نارمل ہے، لیکن کل ٹمپریچر ہو سکتا ہے۔

(باکس سے سیرنج نکالتی ہے)

سلیم : (گھبرا کر) کیا آپ بھی انجکشن لگائیں گی؟

شاہدہ : یقیناً۔

سلیم : لیکن....

شاہدہ : میں تمھاری ایک نہیں سنوں گی۔ جلدی سے ہاتھ آگے کرو۔

(سلیم ہاتھ آگے کر دیتا ہے)

سلیم : آخر مجھے ایسی کونسی بیماری ہے کہ مسلسل انجکشن دیئے جارہے ہیں۔

شاہدہ : یہ سب پوچھنا تمھارا کام نہیں ہے۔ مریض کو مرض سے لاعلم ہونا چاہیئے۔ اس لئے خاموشی سے پڑے رہو۔

سلیم : بھابھی! آپ کس بیماری کی اسپیشلسٹ ہیں؟ میں بھول گیا۔

شاہدہ : میں کسی بیماری کی نہیں بلکہ میٹرنیٹی کی اسپیشلسٹ ہوں۔

سلیم : کہیں مجھے میٹر نیٹی کی بیماری تو نہیں؟

(شاہدہ ہنس پڑتی ہے)

شاہدہ : مذاق چھوڑو۔ میں ڈیوٹی پر جارہی ہوں۔ ٹیبلٹس ٹیبل پر رکھے دے رہی ہوں۔ آدھا آدھا گھنٹے کے بعد تین تین لوگے۔

(شاہدہ جاتی ہے)

سلیم : (خود سے) آدھا آدھا گھنٹے کے بعد تین تین۔ ارشد نے ایک ایک گھنٹے کا حکم دیا ہے۔ اور ڈاکٹر صاحب الگ دوا دے گئے ہیں۔ اگر میں اتنی دوائیں کھا گیا تو اگلے سات جنم تک میرے بال بچوں کو بھی کوئی بیماری نہیں ہوگی۔ اُف .... میرا بازو! کیسی ٹیس اُٹھ رہی ہے۔

شہلا : (کمرے میں داخل ہوتے ہوئے) یہ آپ ہی آپ کیا بڑبڑایا جارہا ہے؟

سلیم : (آنکھیں بند کرتے ہوئے) جل تو جلال تو۔ آئی بلا کو ٹال تو۔

شہلا : آخر بات کیا ہے؟ آنکھیں کھولیے۔

سلیم : (آنکھیں کھولتے ہوئے) جل تو جلال تو، آئی بلا کو ٹال تو۔

شہلا : میں سمجھ ہی رہی تھی کہ وہ چھینکیں معمولی نہیں تھیں۔ اب دیکھئے اتنی جلدی سرسامی کیفیت ہوگئی ہے۔

(شہلا باکس کھول کر انجکشن نکالتی ہے)

سلیم : (ہڑبڑا کر اُٹھتا ہوا) خدا کے لئے انجکشن نہ دیجئے۔ دونوں بازو پھوڑا ہو رہا ہے۔

شہلا : (سلیم کو لِٹاتے ہوئے) ایک بچے کی طرح چپ چاپ لیٹے رہئے۔ میں جو کچھ کر رہی ہوں آپ کی بہتری کے لئے کر رہی ہوں۔ آپ میرے مہمان ہیں۔

سلیم : لیکن انجکشن سے پہلے نبض دیکھئے۔ زبان دیکھئے۔ چھاتی، پیٹھ، ٹمپریچر اور بلڈ پریشر دیکھئے۔ انجکشن بعد میں دیجئے گا۔

شہلا : مجھے سبق مت پڑھائیے۔ نبض وغیرہ دیکھنے کی ضرورت نہیں ہے۔ میں آپ کا مرض

سمجھ گئی ہوں۔

سلیم : کونسی بیماری ہے مجھے؟

شہلا : آپ کو بتلا کر میں فکر مند کرنا نہیں چاہتی۔ ویسے میں ہارٹ اسپیشلسٹ ہوں۔ اس لئے سمجھ سکتے ہیں کہ آپ کو دل کی بیماری ہے۔ ایسے میں سخت آرام کی ضرورت ہے۔ ویسے خطرے کی کوئی بات نہیں۔ ہم لوگ انسان ساز اور مرض شناس ہیں۔

سلیم : خطرے کی بات نہیں ہے تب بھی کف ٹیسٹ ہوگا، اسٹول اور یورین ٹیسٹ ہوگا۔ چار چار بار بلڈ پریشر دیکھا جا رہا ہے۔ کل شاید اکسرے بھی ہو۔ ادھر انجکشن پر انجکشن لگائے جا رہے ہیں اور گولیاں اور مکسچر کا تو شمار ہی نہیں۔

شہلا : زیادہ بولنا بھی آپ کے لئے نقصان دہ ہے۔ لائیے، ہاتھ بڑھائیے۔

سلیم : نہیں، میں انجکشن نہیں لوں گا۔ اگر کھانا کھلا دیجئے تو بڑی مہربانی ہوگی۔ بھوک سے حالت غیر ہوگئی ہے۔

شہلا : کھانا؛ کھانا آپ کے لئے زہر ہے۔ صرف پھل کھا سکتے ہیں۔ لیکن پہلے انجکشن۔

سلیم : ایک منٹ۔ ذرا میں باتھ روم سے آرہا ہوں۔

(سلیم بستر سے اُٹھا اور کھُلے دروازہ سے باہر کی طرف دوڑ گیا۔ وہ اپنے پیچھے شہلا اور کلو کی چیخ پکار سُن رہا تھا۔ مگر بے تحاشا بھاگا جا رہا تھا)۔

سلیم : (بڑبڑاتے ہوئے) جان بچی تو لاکھوں پائیں ....!

(پردہ گرتا ہے)

ادب میں گھوسٹ اِزم

آج صبح جب میں چائے پی رہا تھا، ایک صاحب کمرے میں بغیر اجازت کے آدھمکے۔ کھچڑی بال، گندا پائجامہ، بڑھی ہوئی داڑھی، ٹوٹی چپلیں اور اندر دھنسی ہوئی آنکھیں ـــ صاف لگ رہا تھا کہ کسی ہتھیار بند فوج سے منہ کی کھا کر اور میدان چھوڑ کر بدحواسی میں بھاگے چلے آرہے ہیں۔ میں نے ان کی طرف سوالیہ نگاہ ڈالی۔ بولے۔ "جی، مجھے مُلّا نابالغ کہتے ہیں۔ میں جناتی ادیب ہوں۔"

میرے لئے جناتی ادیب کا لفظ نیا تھا۔ قواعد میں ویسے بھی میں کمزور رہا ہوں اور اس میں مرکب الفاظ، میری سمجھ سے ہمیشہ باہر رہے ہیں۔ میں سمجھ نہیں سکا کہ ان کا مقصد یا مفہوم کیا ہے۔ مجھے شک ہوا کہ عناصرِ خمسہ سے عاری ہونے اور قبر میں رہائش اختیار کرنے کے بعد کوئی ادیب بھوت بن کر تو یہاں نہیں آگیا ہے، یا کسی جنات کو لکھنے کا شوق چرایا ہو اور وہ مجھ سے مشورہ لینے آپہنچا ہو۔ حالانکہ میں آثارِ قدیمہ کا طالب علم کبھی نہیں رہا۔ اس لئے یہ نہیں جان سکا کہ ان کے کپڑے کتنے دنوں تک قبر میں مٹی کے نیچے دفن رہے ہوں گے۔

مَیں ذرا اکبکا کر بولا۔ "کیا آپ جنات ہیں؟"

وہ یکایک سنجیدہ ہوگئے۔ آنکھیں اندر کو سکڑ گئیں پیشانی کی رگیں اُبھر آئیں اور ان کی آواز ٹوٹتی ہوئی معلوم ہوئی۔ "آپ جنرل نالج میں کمزور معلوم ہوتے ہیں۔ میں ایسا ادیب ہوں جسے انگریزی میں "گھوسٹ رائٹر" کہتے ہیں۔ اُسی کا آزاد ترجمہ میں نے 'جناتی ادیب' کیا ہے۔"

"لیکن یہ ترجمہ مجھے ہضم نہیں ہو رہا ہے۔" میں نے اپنا سر کھجاتے ہوئے کہا Ghost

کے معنی بھوت ہوتے ہیں اور جنات کو انگریزی میں Genie کہتے ہیں۔ اس طرح آپ بھوت ادیب ہوئے نہ کہ جناتی ادیب۔"

"ارے جناب! آپ لفظی ترجمے کے چکر میں پڑ گئے ہیں۔ اسی لئے کہہ رہا ہوں کہ اپنی نظر کو وسعت دیجئے۔ میں جو کہہ رہا ہوں اس پر یقین کرتے ہوئے مجھے 'گھوسٹ رائٹر' مان لیجئے۔"

"چلئے ماننے میں مجھے کوئی قباحت نہیں۔ کیونکہ ہمارے یہاں طرح طرح کے ادیب روز پیدا ہوتے رہتے ہیں اور ہمارا پورا ادب اِزموں سے بھرا ہوا ہے۔ ہمارے ادب کی زمین اتنی زرخیز ہے کہ روز نئے نئے اِزم بنتے بگڑتے رہتے ہیں۔ 'گھوسٹ رائٹر' کی بات میں نے مذاق میں کسی سے قبل بھی سُنی تھی۔ مگر آپ کی طرح سیریس ہو کر کسی نے ذکر نہیں کیا تھا۔ براہِ کرم اس سلسلے میں تفصیل بتا کر میرے نالج میں اضافہ کریں۔"

میری بات سے خوش ہو کر انھوں نے اپنے نحیف و نزار جسم کو پھُلانے اور پھیلانے کی ناکام کوشش کی۔ پھر بغیر مجھ سے پوچھے ایک سگریٹ سلگائی اور کہنا شروع کیا "گھوسٹ رائٹر کی کئی اقسام ہیں۔ کچھ ادیب یونیورسٹیوں میں پڑھاتے ہیں اور خالی وقت میں بی۔ اے، ایم۔ اے کے طالب علموں کے نوٹس اور گیس پیپرز تیار کرتے ہیں۔ چونکہ وہی سوالات چُنتے ہیں، اس لئے اپنے نام سے ممکن اور متوقع سوالات نہیں چھاپ سکتے۔ یہی وجہ ہے کہ وہ اے بی سی ڈی جیسے فرضی ناموں یا ایک تجربہ کار پروفیسر وغیرہ کے ناموں سے یہ سارے دھندے کرتے ہیں۔ ویسے یہ دھندا کرنے والے بیشتر پروفیسر خود ایل ایل پی پی رہتے ہیں۔ (نوٹ: یہاں مجھے نہ سمجھتا ہوا پا کر انھوں نے اس لقب کے اختصار پر روشنی ڈالی۔ ان کے مطابق اس کا مطلب لکھ للو پڑھ پتھر ہے) ان کے یہاں کئی جناتی ادیب پروف ریڈر کے بطور بحال رہتے ہیں، جو ان کے لئے آرٹیکل لکھتے ہیں، پیش لفظ اور دیباچہ لکھتے ہیں اور مختلف ناموں سے رسائل میں تعریفی خطوط بھیجتے ہیں۔"

وہ سانس لینے کے لئے رُکے۔ پھر کہنے لگے "آج کل کے منسٹروں کا خاص کام افتتاح کرنا ہوتا ہے۔ ہر منسٹر یا ڈپٹی منسٹر مشاعرے سے لیکر فیملی پلاننگ تک کا افتتاح کرتے

ہیں۔ ظاہر ہے۔ ایسا کرنے کے لئے انھیں تقریر بھی کرنی پڑتی ہے۔ وہ اپنے پرائیویٹ سکریٹری کی شکل میں یا دوست کی حیثیت سے ہمیشہ ایک آدھ گھوسٹ رائٹر رکھتے ہیں۔ جب جیسی ضرورت پڑتی ہے، لکچر تیار ہو جاتا ہے۔ کبھی کبھی یہ منسٹر فیتہ کاٹ کر بیمار ڈکلیر کر دیے جاتے ہیں اور دوسرا کوئی (فلاں چلاں یا خود گھوسٹ رائٹر) ان کی وہ نام نہاد تقریر پڑھ دیتا ہے۔

جس طرح بڑے بڑے کنٹریکٹر چھوٹے چھوٹے (پیٹی) کنٹریکٹر رکھتے ہیں اسی طرح بڑے بڑے ادیب (یونیورسٹی کے صدر شعبہ یا پروفیسر یا نامی گرامی مصنف وغیرہ) کئی چھوٹے بڑے گھوسٹ رائٹر رکھتے ہیں۔ کہاوت ہے کہ 'نامی بنیے کا نام بکتا ہے'۔ اسی طرح ان ادیبوں کے یہاں ناشر ایڈوانس لے کر دوڑتے رہتے ہیں۔ یہ مجاہد اعظم کافی خوشامد کے بعد بچوں کا ادب، نفسیات، شاعری، کہانی، تنقید، ڈرامہ اور ترجمہ وغیرہ سب طرح کے کام اپنے ہاتھ میں لے لیتے ہیں۔ جس طرح مشہور فلم اسٹار ایک ساتھ کئی معاہدہ قبول کرتے رہیں، اسی طرح یہ ادبی مجاہد اعظم بھی ہوس کے پتلے بنے پھرتے ہیں۔ فرق یہ ہوتا ہے کہ فلم اسٹاروں کو شوٹنگ میں خود جانا پڑتا ہے۔ مگر یہ مجاہد اپنے گھوسٹ رائٹروں کو محنتانہ کے نام پر چند ٹکڑے دے کر اپنے نام سے آرڈر کی کتاب بازار میں لا پٹکتے ہیں۔ پھر پشت در پشت رائلٹی کے نام پر روپیہ کھا کر عذاب شکم میں مبتلا رہتے ہیں۔

کبھی کبھی کچھ سرکاری کرمچاری بھی ڈپارٹمنٹل دشواریوں کی بنا پر گھوسٹ نام سے لکھتے ہیں۔ حقیقت کے پیش نظر یہ بات سامنے کی ہے کہ مشہور افسانہ نگار اور ناول نویس پریم چند پہلے سرکاری کرمچاری تھے جنھیں گھوسٹ ازم کی گرفت میں آنا پڑا تھا۔"

اتنا کہتے کہتے جناتی ادیب صاحب ہانپ اٹھے۔ انھوں نے ایک گلاس پانی حلق سے نیچے اُتارا پھر بولے "ان گھوسٹ رائٹروں کی حالت بہت خراب رہتی ہے۔ چونکہ ان کے پاس سرٹیفکیٹ اور سفارش کا فقدان ہوتا ہے اس لئے یہ جیسے تیسے اپنا پیٹ پالتے ہیں۔ کبھی کبھی انھیں یوں بھی ٹرخا دیا جاتا ہے۔"

میں نے پوچھا۔ ایسی حالت میں کیا یہ گھوسٹ رائٹر انتقام نہیں لیتے ہیں؟"

"کیوں نہیں، کیوں نہیں" وہ مسکرائے بغیر ہنس پڑے۔ "کبھی کبھی بدلے لے ہی لیتے ہیں۔ میں آپ بیتی سناتا ہوں۔ ایک ڈپٹی منسٹر کا میں گھوسٹ رائٹر بنا تھا۔ دس بارہ افتتاحی تقریر لکھنے کے بعد بھی وہ مجھے ٹرخاتے رہے۔ وعدہ کے مطابق کبھی پیسے نہیں دیتے۔ گھر پر جاتا تو چائے کے لئے بھی گھنٹہ بھر بیٹھنا پڑتا۔ میں نے ایک دن دل ہی دل میں کہا۔ اچھا بچو، تمھیں کبھی نہ کبھی آٹے دال کا بھاؤ معلوم کراؤں گا۔ ابھی پچھلے دنوں امیر خسرو کی برسی کا انھیں افتتاح کرنا تھا۔ مجھے تقریر لکھنے کے لئے کہا گیا۔ میں نے حامی بھرلی اور جب ٹھیک ایک گھنٹہ وقت باقی رہ گیا تو تقریر لکھ کر دے آیا۔ ایسا اس لئے کیا تاکہ کوئی دوسرا نہ پڑھ سکے۔ وہ خود پڑھنے کے لئے اس ایک گھنٹہ میں وقت نہیں نکال سکتے تھے۔ اس کا مجھے پتہ تھا۔ پھر وہ میرا حرف پہچانتے تھے اور انھیں مجھ پر بھروسہ تھا۔ بہرحال تقریر کا خلاصہ یہ تھا کہ حضرت امیر خسرو اس لئے مشہور ہیں کہ ہندوستان کے غالب اور پاکستان کے اقبال، ساتھ ہی بنگلہ دیش کے نذرل کے ہمعصر تھے۔ اور تینوں ملکوں کے وزیر اعظم سے ان کے گہرے مراسم تھے۔ وزیر اعظم کی ہی اپیل پر نیشنل انٹگریشن کے لئے قومی احساس پر نظمیں لکھتے رہے۔ ویسے انھوں نے مزاحیہ شاعری بھی کی ہے۔ اکبر الہ آبادی انہیں کے شاگرد تھے۔۔۔"

اس تقریر کی بخیہ گری جس طرح اخبار والوں نے کی، اس کا آپ اندازہ کر سکتے ہیں۔ وہ تو کہیے کہ اپنی قسمت ہیٹی ہے اس لئے ان کے عتاب سے بچا ہوا ہوں۔ ورنہ ان کا بس چلے تو مجھے کچا چبا کر تھوک دیں۔"

میں نے گھڑی دیکھی۔ دفتر جانے کا وقت ہو گیا تھا۔ چند لمحے سوچتا رہا کہ انھیں کس طرح ٹالوں۔ کچھ سمجھ میں نہیں آیا تو ڈرتے ڈرتے براہ راست کہہ دیا۔ "اب مجھے اجازت دیجئے آفس جانا ہے۔ پھر کبھی آئیے تاکہ میں اپنے علم میں اضافہ کر سکوں۔"

"یقیناً یقیناً۔ ضرور آؤں گا۔ گھوسٹ رائٹر جو ٹھہرا۔ اتنی آسانی سے پیچھا نہیں چھوڑوں گا۔ آپ کے یہاں چائے تک باقی ہے۔ اچھا خدا حافظ۔" اور وہ اٹھ گئے!

تبصرہ

لفظ تبصرہ میں جو لطافت، شیرینی، بھیانک پن اور خوف زدگی ہے اس سے کوئی بھی پڑھا لکھا شخص متاثر ہو سکتا ہے۔

تبصرہ کا تجزیہ کر کے دیکھا جائے یا اس کے لغوی، لفظی، ظاہری، باطنی، تخیلی اور حقیقت سے قریب معنی پر غور کیا جائے تو متاثر ہونے کی وجہ سمجھ میں آجاتی ہے۔ یہ پانچ حرفی لفظ اپنے اندر بے شمار معنی پوشیدہ رکھتا ہے۔ مثلاً

ت سے تصویر

ب سے باا ثر

ص سے صحیفہ یعنی کتاب یا رسالہ

ر سے رابطہ یعنی تعلق

ہ سے ہادی یعنی رہبر

اب اگر ان سبھی حروف کے معنی کو ملا کر پڑھا جائے تو تبصرہ کا مطلب یوں واضح ہوتا ہے۔

تبصرہ وہ با اثر تصویر ہے جو کتاب یا رسالہ سے تعلق پیدا کراتی ہے اور اس کے بارے میں رہبری کرتی ہے۔

لیکن یہ معنی تو سنجیدہ لوگوں کے لئے ہے اور ان لوگوں کے لئے ہے جو نپٹ جاہل

ہیں اور جن کے نزدیک کالا حرف، سفید حرف، سیاہی سے لکھا ہوا ہرا پیلا حرف یا پنسل سے لکھا ہوا حرف بھی بھینس کے برابر ہے۔ حالانکہ بھینس کے دودھ سے صحت بنتی ہے، دماغ بڑھتا ہے اور آنکھوں کو روشنی ملتی ہے۔ مگر جن کے پاس یہ بھینس ہوتی ہے وہی لاغر، کُند ذہن اور ہے اور آنکھوں کو روشنی ملتی ہے۔ مگر جن کے پاس یہ بھینس ہوتی ہے وہی لاغر، کند ذہن اور اندھے ہوتے ہیں کیونکہ وہ اپنی سیوا سے محروم ہوتے ہیں۔ جو لوگ بھینس کی سیوا کرتے ہیں وہ بلوان، پہلوان اور بھاگیہ وان ہوتے ہیں۔

ت سے تبلّد یعنی کُند ذہن

ب سے بہمن یعنی چالاک

ص سے صحیفہ یعنی کتاب یا رسالہ

ر سے روب یعنی جھاڑو دینا

ہ سے ہاتھ یعنی حربہ

اب سب کو ملا کر یوں پڑھا جائے،

تبصرہ وہ حربہ ہے جس کے ذریعہ نہایت چالاکی سے کسی کتاب یا رسالے پر جھاڑو پھیرتے ہوئے مصنف کی کُند ذہنی کو ظاہر کیا جائے۔

یہاں کتاب یا رسالے سے شخصیت اور مصنف سے کوئی بھی آدمی مراد لیا جا سکتا ہے۔ لیکن کسی بھی شخصیت یا آدمی پر تبصرہ کرنے کے لئے ذہن کے گھوڑے کو لگام دینے کی ضرورت نہیں پڑتی ہے۔ بس کسی سانڈ کی طرح اسے چھوڑ دیا جاتا ہے تاکہ سرپٹ دوڑتا پھرے اور ریلا مارتا رہے۔ خواہ لہو کسی کا گرے، چھینٹا کہیں بھی پڑے۔

جس طرح اسم کی، فعل کی، ماضی کی کئی قسمیں ہوتی ہیں۔ اسی طرح تبصرہ، کی کئی قسمیں ہوتی ہیں۔ میں مثال کے ذریعہ ان اقسام کو شمار کرتا ہوں۔ دیکھئے،

زبانی تبصرہ:

میرا بھانجہ مون اور بھانجی نُما کسی بات پر جھگڑا کر رہے تھے۔ ہاتھا پائی کرتے کرتے جب دونوں بھائی بہن تھک گئے تو زبانی پر اُتر آئے۔ دو چار فقرے کسنے کے بعد مون بولا۔

"تو، گدھی ہے"۔

مُنا نے فوراً تپاک سے جواب دیا۔ "اور تو اس کا بھائی ہے"۔

بےساختہ تبصرہ:

دوسری قسم کی مثال دیکھئے:

بھابی اپنے مائکے گئی ہوئی تھیں۔ ایک دن اپنے مُنّے کا سوئٹر بُن رہی تھیں۔ اتنے میں ڈاکیہ آگیا۔ خط پڑھنے کے لئے جونہی انھوں نے سوئٹر نیچے رکھا، اس میں سے ایک پھندہ نکل گیا۔ ان کے مُنہ سے بےساختہ نکلا "میرا گھر (پھندہ) گر گیا"۔

پاس بیٹھی ہوئی ڈولی ایک دم بول اٹھی "ممی، اچھا ہوا، آپ دربھنگہ میں نہیں تھیں، ورنہ گھر میں دَب جاتیں"۔

بےحیا تبصرہ:

تیسری قسم ملاحظہ فرمائیے:

ایک شام میرے ایک دوست اپنے اہل و عیال کے ساتھ سینما دیکھنے نکلے۔ اسکوٹر پر آگے والی سیٹ پر وہ خود بیٹھے اور پیچھے ان کی بیوی اور مُنّا۔

ابھی تھوڑا ہی راستہ طے ہوا تھا کہ میرے دوست کے پیٹ میں درد ہونے لگا۔ انھوں نے بیوی سے اس کا ذکر کیا اور کہا کہ پروگرام رد کر دیا جائے۔ مگر بیوی صاحبہ کی قوتِ ارادی بہت تیز تھی چنانچہ انھوں نے اپنے شوہر کو سمجھایا "آپ ناحق فکر کرتے ہیں۔ معمولی درد ہے۔ سینما چل کر تھوڑا سوڈا وغیرہ پی لیں گے۔ اب آدھا راستہ تو آ ہی گئے ہیں، تھوڑی دیر کی بات ہے"۔

شوہر صاحب نے بڑے مسکین انداز میں کہا۔ "مگر مجھ سے اسکوٹر نہیں چلایا جا رہا ہے"۔

بیوی صاحبہ ایک دم گویا ہوئیں "آپ میری جگہ آجائیں۔ میں اسکوٹر چلاتی ہوں۔ آپ منا کو اپنی گود میں لے کر بیٹھ جائیں۔ وقت بہت کم ہے"۔

اور تھوڑی دیر بعد بیوی صاحبہ سڑک پر اسکوٹر چلائے جا رہی تھیں اور شوہر نامدار

ناہنجار، زن مریدمُنّا کو گود میں لئے بیٹھے تھے اور بے حیائی سے دیکھنے والوں کی نگاہوں کا سامنا کررہے تھے۔

نانسنس تبصرہ:

چوتھی قسم:

میرے ایک دوست نے گھر کی آخری جمع پونجی داؤ پر لگا کر ایک اسٹوڈیو کھولا۔ اسٹوڈیو کے دونوں طرف اُردو اور ہندی میں دو لمبے لمبے بورڈ آویزاں کئے جن پر جلی حروف میں لکھا ہوا تھا:

'یہاں ڈیولپنگ، پرنٹنگ، اِنلارجمنٹ اور ٹیلی ویژنگ کا کام نہایت تسلی بخش ہوتا ہے۔ نیز مووی کیمرہ سے ۳۵ اور ۷۰ ملی میٹر کی فلم تیار کی جاتی ہے۔ بیاہ شادی، جنم دن اور مرن دن پر ہماری خدمات سے فائدہ اٹھائیے'۔

پہلے ہی دن جو گاہک آیا اس کا حلیہ کچھ اس طرح تھا:

برنالے کے مانند پائنچے والی سیاہ پتلون اور سفید رنگ کے کوٹ میں ملبوس۔ سر کے بال کچھ اس طرح نظر آرہے تھے جیسے گھوڑا مونڈنے کی مشین غلطی سے سر پر چل گئی ہو۔ اس کے ساتھ ایک دوشیزہ نازک اندام بھی تھی۔ جسم پر نہایت چُست لباس تھا۔ چہرے پر پاؤڈر اور سُرخی کا استعمال دل کھول کر کیا گیا تھا۔ آنکھوں کے کاجل کے ڈورے کانوں پر یلغاریں کر رہے تھے۔ بال باب کٹے ہوئے تھے۔

میرے دوست نے انکساری سے کہا "آئیے، تشریف لائیے"۔

"آپ کے پاس کوئی ایسا البم ہے جس سے ہم کوئی پوز چن سکیں؟" نوجوان بولا۔

"اس کی فکر مت کیجئے۔ میں خود ہی عمدہ سا پوز بنا دوں گا پہلے آپ یہ بتلایئے کہ کیا آپ کی شادی ہو چکی ہے؟"

"شادی؟" نوجوان حیرت سے بولا "نہیں"

"منگنی؟"

"نہیں یہ نوجوان نے الجھی بھری آواز میں کہا، مجھ میں نہیں آتا کہ ان بے تکے سوالوں کا مقصد کیا ہے؟"

"ان ہی پر پوز کا دارومدار ہے۔" میرے دوست نے اپنی بغیر تجربے کی قابلیت کا مظاہرہ کیا۔ "خیر، آپ سچے عاشق کی طرح اپنی محبوبہ کا ہاتھ تھام کر دوزانو ہو جائیے۔"

"وہاٹ نانسنس۔" نوجوان بڑبڑایا۔

دوشیزہ جھینپ گئی۔ میرے دوست نے سمجھا کہ آج کل رومان زدہ جوڑے کو زیادہ رومانٹک پوز کی ضرورت ہے۔

"تو پھر آپ ان کی بغل۔۔۔"

"یو فول! یہ میری بہن ہے۔ آؤ شبانہ۔"

اور اگلے لمحے اسٹوڈیو میں میرا دوست اور اس کا کیمرہ ایک دوسرے کا منہ تک رہے تھے۔

جادوئی تبصرہ:

پانچویں قسم:

فی زمانہ انسان کے پاس سب کچھ ہو۔ زمین، جائداد، دھن، دولت، عزت، شہرت، فنکارانہ مہارت، دماغی، جسمانی قوت، حیرت انگیز خوبیاں، مگر ایک کرسی نہ ہو تو یہ ساری خوبیاں بے اثر ہیں۔ ویسے دیکھا جائے تو ہر زمانے میں کسی نہ کسی چیز کی دھوم ہوتی ہے۔ اگلے وقتوں میں قلم، یعنی علم کو اتنی اہمیت تھی کہ بادشاہ تک کی کرسی اس کے آگے جھکتی تھی۔ پھر زمانہ آیا تلوار کا۔ جس کے ہاتھ میں تلوار ہوتی، اس کے بس میں قلم، گدی، تخت سبھی کچھ ہوتا۔ قلم، تلوار والے کی قصیدہ خوانی کرتا اور کرسی اپنے اوپر بٹھاتی۔ آج زمانہ ہے کرسی کا۔ تلوار اور قلم دونوں ہی اس کے غلام بنے ہوئے ہیں۔ یہی وجہ ہے کہ اب کرسی کے آگے دوسری چیزوں کے ساتھ ساتھ تلوار اور قلم کی بھی اہمیت جاتی رہی ہے۔ کتنا جادو ہے اس کرسی میں۔ اس کی خاطر بعض لوگ اپنی بیویوں تک کا سودا

کر ڈالتے ہیں۔

یہ تو سیدھے رُخ سے تبصرہ کی چند قسمیں ہوئیں۔ اب اس کا دوسرا رُخ بھی دیکھئے۔

کتاب یا رسالے پر تبصرہ کرنے کے لئے چند شرائط کو ذہن میں رکھنا ہوتا ہے۔ اب یہ الگ بات ہے کہ ان پر عمل کس حد تک ہوتا ہے اور نصابی ڈھنگ کو برتنے والے کتنے لوگ سچے اور کھرے ہوتے ہیں۔

سب سے پہلے یہ دیکھنا ہوتا ہے کہ اس کتاب کا نام کیا ہے؟ اس کے مصنف کون ہیں؟ یہ تصنیف ہے یعنی طبع زاد ہے یا تالیف ہے یا اسے کسی صاحب نے مرتب کیا ہے یا چند لوگوں نے مل کر مرتب کیا ہے اور کریڈٹ لے جانے کی کوشش کی ہے۔ (فی زمانہ کریڈٹ لے جانے کا زور م زور ہے) دوسری بات یہ کہ اس کا سائز کیا ہے۔ یہ کتنے اوراق پر مشتمل ہے، دیباچہ کس کا لکھا ہوا ہے؟ اگر تقریظ ہے تو کس کی لکھی ہوئی ہے؟ یا اس کتاب کے بارے میں خود مصنف یا مؤلف یا مترجم نے عرض حال میں کس بات کی طرف اشارہ کیا ہے؟ کتاب کا یہ کونسا ایڈیشن ہے؟ کاغذ کیسا ہے؟ طباعت کیسی ہے؟ اور معیار ــ کتاب کے معیار کا قطعی ذکر نہیں ہونا چاہیئے ورنہ اتنے سارے لوازمات کی اہمیت کم ہو جائے گی۔ معیار کو سہارا دینے کے لئے دوسری تمام باتوں کا ذکر کیا جاتا ہے۔

ویسے ایک اور طرح سے بھی تبصرہ کیا جاسکتا ہے۔ چونکہ ہو سکتا ہے اس لئے کسی اَیرے غیرے مصنف کی کتاب پر تبصرہ کرنے کی بجائے اپنی ہی 'وجود میں آنے والی' کتاب پر تبصرہ کر کے مثال دینا زیادہ مناسب سمجھتا ہوں۔ دیکھئے:

ادب میں گھوسٹ ازم ـ مناظر عاشق ہرگانوی

ضخامت: لامعلوم ـ قیمت ـ لامعلوم ـ ناشر: لامعلوم

ہرگانوی کے 'ادب میں گھوسٹ اِزم' میں 'برستا ہوا طنز صاف جھلک رہا ہے۔ اس کتاب میں شامل تخلیقات کو میں 'شگوفہ' شاعر، اوراق، سیپ، بیسویں صدی، صبح اُمید، بیبی پنچ، گلدستہ، گلبن، حریم اور دوسرا دبی وغیرا دبی رسائل میں پہلے ہی دیکھ چکا ہوں۔ پڑھنے

کی نوبت اب تک نہیں آئی ہے۔ دیکھے ہوئے ان خردہ طنز کا یہ کھوک روپ مجھے پسند آیا۔ طنز کے میدان میں بنوٹ بھانجتے ہوئے ہرگانوی نے نئے داؤ پیچ بھی نکالے ہیں۔ "ادب میں گھوسٹ ازم" کے بیشتر طنزیے اسی داؤ پیچ کی عکاسی کرتے ہیں۔ پھر بھی یہ داؤ پیچ کہیں کہیں ادب کی بھول بھلیوں میں گم ہو کر رہ گئے ہیں۔ مثلاً "عقل کے دشمن" اور "بیوی ایک سائنس داں کی" میں کہانی پن زیادہ ہے۔ طنز کے زمرے میں یہ زنا بالجبر کہلائے گا۔ ویسے ہرگانوی شروع سے ادب کے ساتھ زنا کرتے رہے ہیں اور ان کے نزدیک یہ فعل جائز ہے۔ کیونکہ طنز نگار گناہ ثواب کا کھاتہ بھی اپنی پیدائش کے ساتھ لے کر آتا ہے۔ فرشتوں کی ڈیوٹی اپنے عمل کے ساتھ نہیں لگواتا ہے۔ ہرگانوی کے یہاں ایک ٹریجڈی یہ ہے کہ وہ اب تک تجرد کی زندگی گذار رہے ہیں اور ایک مجرد گاہ میں رہتے ہیں۔ یہی وجہ ہے کہ ان کے بدن کے ساتھ ان کی تحریر سے بھی ایک سوندھی بو آتی ہے اور اسی بو کے سبب ان پر ٹھوس زمانیت کا الزام اتنا ہی نیا ہے جتنی نئی ان کی طنزیہ تحریریں ہیں۔ اس مجموعے کے مضامین "ادب میں گھوسٹ ازم"، "چمچہ"، "خط لکھیں گے گرچہ مطلب ...."، "بیکرانِ بے سخن" وغیرہ اکیسویں صدی میں پڑھنے پر ایسا لگے گا گویا نئے زمانے کی فائلیں الٹ رہے ہیں۔ "گویا دبستاں کھل گیا" اسے ہی کہا جائے گا۔ یا باسی کڑھی میں ابال غالباً ایسی ہی کتابوں میں آتا ہے۔ یہ الگ بات ہے کہ زیرِ تبصرہ کتاب آج کے معیار پر پوری نہ اترے اور نذرِ دیمک ہو جائے — حالانکہ پورے ہرگانوی گھوم پھر کر اس مجموعہ میں ہیں۔ اخبار و رسائل میں مختصر مختصر ہو کر یا ٹوٹ ٹوٹ کر یا ریزہ ریزہ یا ذرہ ذرہ سامنے آتے رہے تھے۔ اس لئے سمجھنا مشکل تھا۔ اب اس مجموعہ کے منظرِ عام پر آجانے سے اتنا تو ضرور ہو گیا ہے کہ جوتے گھِس کر چپل نہیں بنیں گے۔ مجموعے کے معیار پیش کش کے بارے میں شکایت ڈھونڈنے سے نہیں ملتی۔

شاید آپ سوال اٹھائیں کہ یہ تو نثر کی کتاب پر تبصرہ ہے۔ اگر منظوم کتاب ہوتی تو؟

تو تبصرہ یوں ہوتا:

خرافاتِ عاشق — مناظر عاشق ہرگانوی

ہرگانوی کے ہم عصروں اور تذکرہ نویسوں نے انھیں محض اس لئے نظر انداز کردیا ہے کہ ان کے کلام میں سوقیانہ اور بھرتی کے الفاظ کی کثرت ہے۔ لیکن ان کے بیشتر ہمعصر شعراء کے کلام کی قریب قریب یہی حالت ہے۔ تذکرہ نویس لاکھ تعصب سے کام لیں، ہرگانوی بنیادی طور پر ایک ظریف شاعر ہیں اسی لئے ان کے اکثر اشعار پر شوخی و تمسخر کا غلبہ ہے۔ آپ نے بچپن سے ہی اشعار موزوں کرنے لگے ہیں اور رفتہ رفتہ فنا فی الشعر ہوتے جارہے ہیں۔ نمونۂ کلام سے ان کی خرافاتی شاعری کا اندازہ بخوبی لگ جاتا ہے ؎

مجھے ان کی یاد آج پھر آرہی ہے
میرے دل کی دھڑکن رُکی جارہی ہے
کہیں میری بیگم خفا ہوں نہ مجھ سے
میری کھوپڑی آج کھجُلا رہی ہے

⁘

میں کیا دیکھ پاؤں گا ان کی بلندی
میرے سر سے ٹوپی گری جارہی ہے
یہ فیشن پرستی کی حد ہو چکی ہے
کہ لڑکی بھی پتلون سلوا رہی ہے

⁘

محبت میں لاتیں پڑی تھیں تمھیں جب
وہ ،لَو، کا فسانہ تمھیں یاد ہوگا
حسینہ کے فادر کا کوڑا اٹھا کے
لگانا سڑا سڑ تمھیں یاد ہوگا

⁘

الیکشن کے وعدے نہیں بھول جانا
وہ پچھلے ارادے نہیں بھول جانا
ہمیں نے منسٹر بنایا ہے تم کو
کہ تم پہلے کیا تھے نہیں بھول جانا

⁘

سرِ عام کھائیں گے چپّل تمہاری
جو دیکھیں گے ہم کو وہ ہنستے رہیں گے
نہیں مار کھانے سے ڈرتے ہیں عاشق
یوں ہی دن ہمارے گذرتے رہیں گے

⁘

غرض زندگی کا کوئی بھی شعبہ ایسا نہیں ہے جس پر تبصرہ نہیں کیا جاتا ہے اور لوگ اس سے گھبراتے نہیں ہیں۔ اتنی ساری باتیں لکھ کر میں خود سوچ رہا ہوں کہ تبصرہ کا اونٹ نہ جانے کس کروٹ بیٹھتا ہے!

مچھّر

بائبل کے مطابق ۔ خداداد نے کبھی آدمی کو اپنے پیکر سے تراشا تھا۔ وہ اشرف المخلوقات تھا۔

لیکن حضرت مچھر کا جنم کس دیوتا یا راکچھس کے ذریعہ ہوا؟ یہ ایک پہیلی ہے! میاں خسرو کو بھی حیران ہو کر کہنا پڑا ۔

کہت سنت ہیں برہ کے اچھر
کیوں سکھی، ساجن؟ نا سکھی مچھر

لیکن یہ پہیلی سُلجھی کب ہے؟

تصور کیجئے ۔ کمرے کی بتی گُل کر کے آپ نیند کو بلانے جا رہے ہیں، تبھی وہ اپنی بانسری بجاتے ہوئے، بغیر چھتری کے پیراشوٹ کی طرح آدھمکتے ہیں۔ لگتا ہے، کوئی ننھا ہیلی کوپٹر چارلی چیپلن کی ایکٹنگ کرتا ہوا کان کے اسٹیج پر آگیا ہے یا تاتاری فوج کے سپہ سالار کی بھٹکی ہوئی روح ہے جو اپنی فوج کے ساتھ ہوائی تحریک گیت گا رہی ہے۔ عقل مند ذی روح ہونے کی وجہ سے آپ سوچنے لگتے ہیں کہ آخر سنگیت کیوں؟ خون کے کاروباری پنکھ دار جونک کو مدھر گیت کی ضرورت کیوں؟ قصائی اگر بھیڑوں کو مسکرا کر ذبح کرے تو بھیڑیں انھیں اپنا محافظ کہتی ہیں۔ بھولے عوام اپنا سردار کہتے ہیں۔ پھر اگر جونکیں دھارمک دار اور مچھر تان سین کا ۔ دیپک راگ ، گایا کریں تو دیپک تلے اندھیرا مچانے میں ایک موسیقانہ

سہولت حاصل ہوتی ہے۔ ممکن ہے، ایسے خیال پر سنگیت پریمی بغیر سینگ پونچھ کا جانور نہ کہنے لگیں۔ ویسے ہم آپ ایک جانور ہی ہیں۔ لیکن عقل مند جانور۔ اس لئے ہر موضوع پر آزادانہ سوچ سکتے ہیں۔ مگر اس عمل میں وظیفہ کرنے والے مچھر خلل پیدا کرتے ہیں۔ اگر منکروں کی ناک پر منکر کہتے وقت مچھر نہ بیٹھ گئے ہوتے تو جانے کتنے منکروں کا دیدار ہو سکتا۔ لیکن ناک میں دم کرنے والے مچھر بڑے مستقل مزاج ہوتے ہیں۔ کچھ بھی کیجئے۔ اپنے گیت گنگناتے چلے آتے ہیں اور یک جہتی کا سبق دیتے ہیں۔ کیوں کہ کاٹتے وقت کسی کا مذہب نہیں دیکھتے اور نہ قومیت کا اندازہ لگانے کے لئے نام پوچھتے ہیں۔ مجلس اور عوام سے سڑک تک ان کی طوطی بولتی ہے۔ کچھ شور شرابہ کیا یا کروٹ لی تو ٹانگیں اُٹھا کر دیوار پر جا بیٹھے اور آپ کے سونے کا انتظار کرنے لگے۔ ایسے میں ڈی ایچ لارنس کی (مچھر پر لکھی ہوئی) یہ لائنیں یاد آہی جاتی ہیں:

What? Do you, stand on such high legs for why shreded
shank yelation is it so that you shall lift your center of gravity
up wards and weigh no more than air as you alight upon me
stand upon me weightless - your panthoms? I heard a woman
call you the winged victory in slunggish voice you turn
your head towards your tail and smile.

حضرت مچھر کی یہ محویت بڑی عجیب ہوتی ہے۔ آپ اپنے پیروں کو کبھی رگڑتے تو کبھی اُٹھائے رکھتے ہیں۔ ساکت و جامد جیسے کوئی سادھو یا جوگی سمادھی کے لئے بیٹھا ہو یا کسی طالب علم کا کوئی کارٹون پنکھے لگا کر آگیا ہو۔ اسی کیفیت (محویت) کو دیکھ کر لارنس کے دل میں یہ گمبھیر سوال اُٹھا ہوگا:

What? Do you stand on such high legs

کون سا پہاڑ اُٹھانے کے لئے یہ ٹھہری کی طرح اپنے پیروں کو اُٹھائے آسن کر رہے ہیں؟ کہتے ہیں بانسری کی دُھن سُن کر سوئی ہوئی گوپیاں دوڑ پڑتی تھیں۔

مگر مچھروں کی مُرلی کرشن کی مُرلی نہیں ہے۔ یہ پہاڑ اُٹھاتے نہیں، پہاڑ ڈھاتے ہیں۔ سوئے ہوئے لوگوں کو جگانے کے لئے یہ الارم واچ کا کام کرتے ہیں۔ کمبخت کیوں ان کا جگانا اچھا نہیں لگتا۔ جی چاہتا ہے، ان کو ایک ایک کرکے مسل دیا جائے۔ ہاتھی پر نشانہ باندھنا اتنا دشوار نہیں جتنا مچھر پر۔ اس باریک ذی روح کو مارنے کے لئے کم ہوشیاری نہیں برتنی پڑتی۔ اُڑتے ہوئے جہاز کو مار گرانے کے لئے جاسوس توپیں استعمال میں لاتے ہیں۔ مگر مچھروں کو مارنا دشوار ہے۔ ان کو پکڑنے کا نسخہ صرف ایک ہے کہ ہاتھ میں ذرا سا صابن لگائیے اور جُٹ جائیے۔ بہت حد تک کامیابی ملے گی۔ آزمائش شرط ہے۔ مگر جناب تہذیب کی دوڑ کے ساتھ یہ بھی مہذب ہو گئے ہیں۔ بجلی جلاتے ہی غائب۔ مچھر دانی لگائیے تو باہر سے، ہی بیٹھے بیٹھے انجکشن لگا کر چمپت۔ دشمن فوجی چھاپہ ماروں سے یہ کسی طرح کم نہیں۔ آخر عاجز آکر ڈی۔ ڈی۔ ٹی کا سہارا لینا پڑتا ہے۔ مچھر مار مہم شروع ہو جاتی ہے۔ ایک ایک دشمن گرنے لگتا ہے۔ اس رات ان کا کوئی سرگرم سُنائی نہیں دیتا۔ مگر، دوسری ہی رات نئی کمک آجاتی ہے۔ ان کے نازی حملے پھر شروع ہو جاتے ہیں۔ ملیریا کے ڈاکٹر کے نام نالش ٹھونک دیجئے تو وہ بولیں گے ۔ اگر سارے مچھر مار دیئے جائیں تو ملیریا کے محکمے کی ضرورت ہی باقی نہیں رہے گی۔ بہت سے ڈاکٹروں اور کمپاؤنڈروں کی روزی روٹی چلی جائے گی"۔

ایسے میں آپ کا غصہ انقلاب کی شکل کیوں نہیں اختیار کرے گا۔ اس کی بھبھک اور اس کے اُبال میں خلیل جبران کی ایک کہانی بھی سینما کی طرح گھومتی نظر آئے گی :

" اپنے عمل اور اپنی خود اعتمادی سے ایک سنت پادری نے شیطان کو پچھاڑ دیا۔ مرتے مرتے شیطان گڑگڑایا۔ میرے ختم ہوتے ہی تمہارے چرچ ٹوٹ جائیں گے۔ منہدم ہو جائیں گے۔ یہ دوزخ کی آگ ہی ہے جو جنت کی آبرو بنائے ہوئے ہے!"

امراض ختم ہو جائیں گے تو ڈاکٹروں کو کون پوچھے گا؟ ڈاکو مٹ جائیں گے تو

پولیس کی قدر کون کرے گا؟ اگر سرمایہ دار ختم ہو جائیں گے تو پھر کمیونسٹوں کے نعرے بیکار جائیں گے۔

شاید یہی وجہ ہے کہ سرکاری اور غیر سرکاری دیواروں پر جگہ جگہ لکھا ہوا نظر آتا ہے:

"مچھر رہے گا، ملیریا نہیں۔"

چوں کہ مچھر ہوائی فوج کے چیف مارشل بھی ہوتے ہیں اس لئے اپنی اُڑانیں بھر کر سبھی کے کان میں "خاموش جنگ" کرنے کا پیغام دیتے ہیں۔ ان کے جہاز کی آواز (بھنبھناہٹ) اتنی سریلی ہوتی ہے کہ آمد کی خبر فوراً مل جاتی ہے۔

ویسے مچھروں کی بناوٹ درج ذیل عناصر سے ہوتی ہے:

بہت زیادہ	M = Most
فرماں بردار	O - Obedient
نگراں	S = Superviser
جستجو	Q = Quest
ثالث	U = Umpire
غیر قانونی	I = Illegal
علاج	T = Treatment
انجمن	O = Organisation

یعنی مچھر جستجو کے بہت زیادہ فرماں بردار نگراں اور غیر قانونی انجمن علاج کے ثالث ہوتے ہیں!

اب یہ جستجو اور فرماں برداری کس کی ہے؟

نگرانی کہاں کی ہے اور غیر قانونی انجمن کہاں ہے؟

یہ سب محسوس کرنے کی باتیں ہیں۔!

داستان بال جھڑنے کی

گذشتہ دو ڈھائی سال سے میرے سر کے بالوں نے اپنے مادرِ وطن یا جنم بھومی کے خلاف بغاوت شروع کر دی ہے۔ وہ آہستہ آہستہ ناطہ توڑ رہے ہیں۔

شروع شروع میں جھڑتے ہوئے بالوں سے ہو رہے گیپ کو ڈھکنے کی کوشش میں کرتا رہا۔ لیکن جلد ہی سمجھ گیا کہ چاند سا مکھڑا چھپانا تو آسان ہے مگر چاند سا سر چھپانا مشکل ہے۔ اپنے بالوں کا جھڑنا شروع ہونے کے بعد یہ راز کھلا ہے کہ بال بڑھاؤ یا بال اُگاؤ تیل والے ہمیشہ یہ دُعا کرتے رہتے ہیں کہ زیادہ سے زیادہ لوگوں کے بال جھڑیں۔

میں نے یہ بھی محسوس کیا ہے کہ جب سے میرے بالوں میں جھڑنے کا مقابلہ شروع ہوا ہے، میرے جاننے والے کرانہ اسٹور کے مالک بہت خوش نظر آنے لگے ہیں۔ انھیں اپنی دوکان کی الماریوں میں رکھے بال بڑھاؤ تیلوں کا مستقبل تابناک نظر آنے لگا ہے۔ لیکن بال بڑھانے کے ایسے طریقے کے جنجال میں اب تک میں نہیں پھنسا ہوں۔ مجھے اچھی طرح معلوم ہے کہ ان تیلوں سے اگر بالوں کا جھڑنا بند ہو گیا تو چند برسوں میں تیل کمپنی بھی بند ہو جائے گی۔ اس لئے کمپنی والے یہ کبھی نہیں چاہیں گے کہ دُنیا میں بالوں کا جھڑنا کم ہو۔

بالوں کی ایسی ہی کسی خوراک کے اشتہار میں میں نے ایک نصیحت ابھی حال میں پڑھی تھی:

- اپنے بالوں میں زور سے کنگھی کیجئے۔ اگر آپ کی کنگھی میں بال آجائیں تو سمجھ جائیے کہ آپ کے بال جھڑ رہے ہیں۔

میں سمجھتا ہوں کہ اس طریقے کے بعد صرف ان ہی لوگوں کے بال نہیں جھڑیں گے جن کے بالوں کی جڑ میں سمنٹ جما ہوا ہے۔ ایسا کون مائی کا لال ہوگا جو سر کے بالوں میں پوری قوت اور طاقت سے کنگھی کرے اور کنگھی میں ایک بھی بال نہ آئے۔

میں خود کبھی ایسے اشتہار کے چکر میں نہیں پڑا ہوں۔ لیکن اپنے بالوں کی اس من مانی کو کیا کروں کہ بغیر بال بڑھاؤ تیل لگائے جھڑنے لگے ہیں۔ ان کے جھڑنے کی خبر سب سے پہلے ایک نائی نے دی تھی۔ وہ دن یادگار ہے۔ بھلائے نہیں بھولتا۔ میں اپنی داڑھی اپنے ہاتھوں سے چھیلنے کا عادی ہوں۔ لیکن کبھی کبھار بطور شوق سیلون میں بھی پہنچ جاتا ہوں داڑھی بنوانے۔ اس دن بھی یہی شوق چرایا تھا اور میں گھر سے سیلون کی طرف نکل پڑا۔ سوچا شہر کے سب سے اچھے سیلون میں داڑھی بنوائی جائے۔ وہاں تک پہنچنے کے لئے بس کا انتظار کرنے لگا۔ لیکن بس جتنی دیر انتظار کرواتی ہے، اس دن اتنا انتظار میں نے کیا۔ لوکل بسوں میں جتنی بھیڑ ہوتی ہے اس دن اتنا ہی دھکم دھکا تھا۔ اسی دھکے کے بیچ ایک گنجے سے مجھے ہمدردی کرنی پڑی۔ بھیڑ تو تھی ہی۔ لوگ ایک دوسرے پر گرے پڑ رہے تھے۔ ایسے میں ایک لڑکے نے گنجے آدمی کو ذرا زور سے دھکا دے دیا تو وہ جھنجھلا کر بولا۔ "ہاں ہاں، چلے آؤ۔ سر پر چڑھ جاؤ۔"

لڑکا بڑی معصومیت سے بولا۔ "نہیں، میں یہیں ٹھیک ہوں۔ آپ کے سر پر چڑھوں گا تو وہاں سے پھسل جاؤں گا۔"

گنجے صاحب خاموش ہی ہو گئے۔ ان کی یہ حالت دیکھ کر میرا دل پگھلنے لگا۔ خیریت یہ ہوئی کہ جلد ہی میری منزل آگئی اور میں بس سے اتر گیا اور سیدھا سیلون میں گھس پڑا۔

جب نائی میرے گالوں پر صابن لگا رہا تھا، تبھی بغل کی کرسی کے نائی کی بات سن کر کلیجہ دہل گیا۔ نائی اپنی کرسی والے گاہک کی گردن پر استرا گھماتا ہوا پوچھ رہا تھا۔ "صاحب آپ کتنے بھائی ہیں؟"

اس سہمے ہوئے صاحب نے کہا۔ "ابھی تک تین سمجھو۔ اگر میں تمہارے استرے سے بچ گیا تو چار ہو جائیں گے۔"

یہ سب سن کر میں کانپ گیا اور مَیں نے اپنی آنکھیں موند لیں۔ اب نائی میرے گلے پر استرا چلا رہا تھا۔ اسی وقت اس نے مجھ سے بڑے دوستانہ انداز میں پوچھا ،صاحب! آج سویرے آپ نے ٹماٹر کی چٹنی تو نہیں کھائی ہے؟"

میں اپنی یادداشت پر زور دیتا ہوا بولا "نہیں، قطعی نہیں۔ کیا بات ہے؟"

"اگر آپ نے سچ مچ ٹماٹر کی چٹنی نہیں کھائی ہے تب تو لگتا ہے کہ آپ کا منہ اُسترے سے کٹ گیا ہے!"

میں نے جلدی سے آنکھیں کھول دیں۔ دیکھا تو ہونٹوں کے نیچے خون بہہ رہا تھا۔ ڈیٹول لگا دینے کے بعد اس ظالم نے میرے سر کی مالش شروع کر دی۔ مالش کرنے کا اس کا انداز اس حد تک قاتلانہ تھا کہ میں آئینہ میں اس کی شکل دیکھ کر کانپ گیا۔ پھر یکایک مجھے پڑھی ہوئی ایک کہانی یاد آگئی۔ ایک شاعر نے بادشاہ کو ایک گیت سُنا کر انعام حاصل کیا تھا۔ بادشاہ کو گیت اتنا اچھا لگا تھا کہ اس نے اپنے استعمال کے سبھی برتنوں پر لکھوا دیا تھا۔ ان ہی دنوں بادشاہ اور وزیر میں کسی بات پر رنجش ہو گئی۔ وزیر مزاج کا اچھا آدمی نہیں تھا۔ وہ بادشاہ کو مار ڈالنے کے بارے میں سوچنے لگا۔ اس طرح وہ خود بادشاہ بن جاتا۔ وزیر نے بادشاہ کو مروانے کے سلسلہ میں کئی تجویزیں سوچیں اور آخر میں ایک تجویز پر عمل کرانے کے لئے تیار ہو گیا۔ ایک حجام روزانہ بادشاہ کی داڑھی بنانے کے لئے آتا تھا۔ وزیر نے حجام یعنی نائی کو ڈھیر ساری دولت کی لالچ دے کر اس پر عمل کرنے کے لئے راضی کر لیا کہ جب وہ بادشاہ کی داڑھی بنانے جائے تو استرا خوب تیز کرے اور داڑھی بناتے وقت بادشاہ کی گردن کاٹ دے ۔۔۔ دوسرے دن نائی بادشاہ کی داڑھی بنانے کے لئے گیا۔ کٹورے میں پانی آیا۔ نائی پتھر پر پانی ڈال کر استرا تیز کرنے لگا۔ بادشاہ کی نظر کٹورے پر گئی۔ کٹورے پر شاعر کا گیت کھُدا ہوا تھا۔ بادشاہ گنگنانے لگا ۔

گھِسے گھِسا وے

پھر گھِسے

گھس گھس لگا دے
پانی!
جس وجہ سے تو گھسے
وہ بات
میں نے جانی!

بادشاہ کی گنگناہٹ سُن کر نائی کانپنے لگا۔ وہ سمجھا کہ بادشاہ کو وزیر کی سازش کا پتہ چل گیا ہے۔ اس خیال کے آتے ہی وہ آگے بڑھ کر بادشاہ کے قدموں میں گر پڑا اور ساری بات بتا کر معافی مانگنے لگا۔ جاں بخشی کی دُہائی دینے لگا۔

بادشاہ تو بادشاہ تھا اور وزیر اس کا دشمن بن گیا تھا۔ پھر بھی اس کی گردن کٹنے سے رہ گئی تھی۔ مَیں کون سا بادشاہ ہوں اور میرا کون دشمن ہے کہ یہ نائی قاتل نظر آنے لگا ہے۔ وہ تو اچھا ہوا کہ اُسترا رکھ کر اس نے مالش شروع کر دی۔ اس نے غالباً سوچ لیا تھا کہ یا تو وہ رہے گا یا میرا سر۔ سر تو خیر دھڑ سے الگ نہیں ہوا لیکن میرے سر کے تقریباً ہر بال کو اس نے جڑ سے ہلا دیا۔ کئی بال اپنی جگہ پر ہی موت کے گھاٹ اُتر گئے۔ میرے سر میں کنگھی کرنے کی کوشش میں بھی اس نے کئی درجن بالوں کا رشتہ سر سے توڑ دیا۔ اتنا سب کر گزرنے کے بعد اس نے مجھے بتایا "صاحب، آپ کے بال جھڑ رہے ہیں۔ کوئی تیل استعمال میں رکھیں۔"

میں جس چادر کو اوڑھ کر بیٹھا تھا اس پر کئی بال شہید نظر آئے۔ آئینہ میں دیکھا۔ سچ کہتا ہوں، اپنے بالوں کو اس نظر سے میں نے پہلے کبھی نہیں دیکھا تھا۔ بالوں کے جھنڈ میں بھگدڑ مچی ہوئی تھی۔

وہ دن تھا اور آج کا دن ہے۔ سر پر بالوں کی کھیتی مسلسل کم ہوتی جارہی ہے۔ انھیں روکنے کے لئے میں شروع سے کوشش کر رہا ہوں۔ تیر پھلا سے لے کر آونلے کی راکھ تک سر میں لپیٹ چکا ہوں۔ لیکن فائدہ صفر ہے۔ بالوں کا جھڑنا بدستور جاری ہے۔ دن دونے رات چوگنے جھڑ رہے ہیں۔

ایسی حالت میں جو بھی مجھ سے ملتا ہے، اس کے سامنے میں اپنی پریشانی رکھ دیتا ہوں۔

میرا ایک دوست گرمی کے موسم میں ہمیشہ سر مونڈوا لیتا ہے۔ میں نے اس سے ذکر کیا تو اس نے مجھے بھی سر گھٹا لینے کی صلاح دی۔ لیکن اس دوست کے دادا جان نے بھی ایک مشورہ دیا ہے۔ ایک دن وہ اپنا سر میرے آگے جھکاتے ہوئے بولے "یہاں دیکھو' کیا نظر آتا ہے؟"

میں نے آنکھیں پھاڑ پھاڑ کر دیکھا۔ ان کی صاف چندیا کے علاوہ مجھے کچھ بھی نظر نہیں آیا۔

"مجھے تو کچھ نظر نہیں آرہا ہے۔"

میری چمکتی ہوئی' چندیا نہیں نظر آرہی ہے؟"

"ہاں، وہ تو دیکھ رہا ہوں۔"

"بس تو سمجھ جاؤ برخوردار! میں تمھاری عمر کے تناسب سے بالوں کا جھڑنا روکنے کے لئے بے چین ہوں۔ لیکن دیکھو! میرا ہر بال بانکا ہو گیا ہے۔ میرے سر پر چاند کو اُگنا تھا، اُگ کر رہا۔ اس لئے جھڑتے ہوئے بالوں کی کوئی فکر نہ کرو۔ جوان آدمی ہو۔ سوچنا ہی ہے تو گنجے لوگوں کے فائدہ کی باتیں سوچو۔"

ان کی اس فلاسفی نے میری آنکھیں کھول دی ہیں۔ اب میں یہ بھولنے کی کوشش کر رہا ہوں کہ میں گنجا ہو رہا ہوں!

سفر کا ارادہ

گاڑی چھوٹنے کا وقت دن کے گیارہ بجے تھا۔

ریلوے ٹائم ٹیبل میں یہی وقت درج تھا۔ ٹائم ٹیبل بھی وہ جسے میں نے خود خریدا تھا، مانگ کر نہیں لایا تھا۔

گیارہ کچھ جلدی تو نہیں بجتے۔ سویرے سے بستر چھوڑنے، ناشتہ کرنے اور تھوڑا سا کام کر لینے میں وقت ہی کتنا لگتا ہے۔ ان سب کے بعد یقینی طور پر ایک گھنٹہ بچے گا۔

گھر سے اسٹیشن دو میل ہے۔ زیادہ دُوری نہیں ہے۔ جلدی پہنچ جائیں گے!

صبح سو کر دیر سے اٹھا۔ قریب سات بجے۔ چار گھنٹے تھے گیارہ بجنے میں۔ چائے پی اور پھر سب کچھ کر لیا۔

پھر بھی دو گھنٹے اور تھے۔

ایک پڑوسی دوست کے یہاں گپ شپ کے لئے چل دیا۔ دراصل کچھ کرنے کو تھا ہی نہیں۔

پڑوسی دوست ایک دفتر میں کلرک ہیں۔ کچھ پُرانے ہیں یعنی دس بارہ سال نوکری کرتے ہو گئے ہیں انھیں۔ کبھی کبھی دفتر ٹھیک وقت پر پہنچ جایا کرتے ہیں۔ ویسے ان کا اصول ہے کہ گیارہ اور ساڑھے گیارہ بجے کے درمیان دفتر کے لئے گھر سے نکلتے ہیں۔ کہا کرتے ہیں کہ جلدی پہنچ جاؤ تو وہی بات اور دیر سے پہنچو تب بھی وہی بات! صرف تنخواہ کے دن وہ دس بجے گھر سے نکلتے ہیں!

اُس دن تنخواہ والی تاریخ نہیں تھی جب میں ان کے پاس جا بیٹھا۔
انھیں شاید کسی سے شکایت ہو گئی تھی اسی لئے کہنے لگے " سائیکلیں کتنی تیز چلانے لگے ہیں لوگ! بھڑ جاتے ہیں۔ ٹکرا کر گر بھی پڑتے ہیں۔ لیکن مانتے ہی نہیں۔"
مجھے بھی بولنا تھا اس لئے ہاں میں ہاں ملاتے ہوئے بولا " موٹر اور ٹرک والے تو اور بھی زیادتی کرتے ہیں۔ ان لوگوں کی جلد بازی کی وجہ سے حادثے بڑھ گئے ہیں۔"
" شراب پی کر چلاتے ہیں۔" وہ بولے۔
" ہاں جی، شاید اسی لئے شراب حرام ہے۔ لیکن سائیکل والوں کو کون سا نشہ چڑھ جاتا ہے کہ دونوں ہاتھ پیچھے کر کے، اکڑ کے ساتھ پیر پھینکتے ہیں۔ ان کے گرنے پر دیکھئے، کیا تصویر بنتی ہے۔"
" اور فلموں کے گیت گاتے ہوئے بھی چلتے ہیں۔"
ہم دونوں اپنی گفتگو سے خوش نظر آرہے تھے۔ آخر ساڑھے دس بج گئے۔ میں اُٹھ کر اپنے گھر چلا آیا۔ بریف کیس ٹھیک کیا۔ بیڈنگ باندھا اور نوکر سے رکشہ منگوایا۔ سوار ہونے سے پہلے خیال آیا کہ سفر میں ساتھ دینے والی صرف کتاب ہوتی ہے۔ کونسی کتاب ساتھ لے جاؤں۔ انتخاب میں پانچ منٹ لگ گئے۔ گھڑی دیکھی تو گیارہ بجنے میں دو منٹ باقی تھے اور دو میل دُور اسٹیشن جانا تھا۔ سوچا گاڑی وقت پر کب آتی ہے۔ پھر بھی رکشہ والے کو تاکید کی کہ جلد چلے۔ لیکن راستے کا خدا بھلا کرے۔ پی ڈبلیو ڈی والے کی ستم ظریفی اپنی جگہ پر، اسکول، کالج، کچہری اور آفس کا وقت بھی ہوتا ہے۔ کہیں سائیکلوں کی بھیڑ، کہیں موٹریں رکی ہوئیں، کہیں تانگے والے نے راستہ روک رکھا ہے اور کہیں ٹریفک کی لال بتی۔ ایسے میں میری چیخ پکار کون سنتا۔ دو جگہ جب راستہ صاف ملا تو رکشے کا چین گر پڑا۔ آخر رکشہ اسٹیشن پہنچا۔ مگر لال وردی میں قُلی نے خطرے کی گھنٹی بجادی کہ گاڑی آدھا گھنٹہ لیٹ آئی اور چلی گئی۔
مجھے لوٹ آنا پڑا۔ طے کیا کہ دوسری گاڑی سے چلا جاؤں گا جو تین بجے چھوٹتی

ہے۔ ایک گھنٹہ، نہیں سوا گھنٹہ پہلے اسٹیشن پہنچ جاؤں گا۔ اس بار گاڑی نہیں چھوٹے گی۔

لیکن دوسری بار اسٹیشن پہنچا تو پتہ چلا کہ گاڑی ایک سو پچاس منٹ لیٹ ہے۔ اسٹیشن پر پڑا پڑا کیا کرتا۔ ٹکٹ خرید کر گھر لوٹ آیا۔ کچھ کام ہی کرلوں گا یہی سوچتا ہوا لوٹا۔

آخر کام کرتے کرتے کافی وقت نکل گیا۔ پھر بھی اس لیٹ گاڑی کے اسٹیشن پر بتلائے گئے وقت سے پندرہ منٹ پہلے ہی پلیٹ فارم پر پہنچ گیا۔ معلوم ہوا کہ گاڑی آئی بھی اور چلی بھی گئی۔

میں غصے میں اسٹیشن ماسٹر کے کمرے میں گھس گیا۔ "آخر گاڑی وقت سے پہلے کیوں گئی؟"

"وقت سے پہلے؟ اجی جناب، ساری گاڑیاں لیٹ چل رہی ہیں۔ آپ کس گاڑی کی بات کررہے ہیں؟"

میں نے تفصیل بتائی تو جواب ملا، "چونکہ گاڑی کا انجن اچھا تھا اور فلاں اسٹیشن سے یہاں تک آنے میں جگہ جگہ زنجیر نہیں کھینچی گئی، اس لئے ڈرائیور نے رفتار بڑھا کر وقت کی کمی کو کچھ پورا کرلیا تھا۔"

"کیا کبھی پہلے بھی ایسا ہوا ہے؟"

"اکثر ایسا ہوتا ہے۔ اس میں حیرت کی بات نہیں ہے۔"

میں ایک بار پھر لوٹ آیا۔ جھنجلایا ہوا۔ تھکان سے چُور۔ پسینے میں شرابور۔

تیسری گاڑی رات کے دس بجے جاتی ہے۔ رات بھر کا سفر طے کرنا ہے۔ میں نے کچھ دیر سو رہنے کا پروگرام بنایا۔ کپڑے اُتار کر نوکر کے حوالے کیا کہ دوبارا اسٹیشن جانے آنے میں اس کا چکومر نکل گیا ہے۔ دوسرے کپڑے دے دو تاکہ وہی پہن کر جاؤں۔

ایک گھنٹہ سوتا رہا۔ اطمینان سے کھانا کھایا۔ وقت گزارنے کے لئے قریب رکھے رسالے سے دو ایک افسانے پڑھے۔ نظمیں، غزلیں بھی پڑھیں۔ اور ایک بار پھر اسٹیشن روانہ ہوگیا۔ راستے میں خیال آیا کہ کتاب رکھنا بھول گیا ہوں۔ رات بھر کا سفر ہے۔ آخر وقت

کیسے کٹے گا۔ یہی سب سوچ کر رکشہ لوٹایا اور کتاب لے کر چل پڑا۔ اسٹیشن پہنچا تو گاڑی آنے میں آدھا گھنٹہ کی دیر تھی۔ ٹکٹ کا خیال آیا تو جیبیں ٹٹول ڈالیں۔ غالباً نوکر بے وقوف ٹکٹ رکھنا بھول گیا۔ کپڑا چینج کرتے وقت اس نے شاید جیبوں پر دھیان نہیں دیا۔ مجھ سے بھی غلطی ہوئی کہ آتے وقت چیک نہیں کیا۔ آدھے گھنٹے کو مدِ نظر رکھ کر میں پھر ایک بار گھر کی طرف جا رہا تھا۔ گھر پہنچتے ہی نوکر پر برس پڑا۔ لیکن اس نے بڑی معصومیت سے بتایا کہ ٹکٹ بریف کیس میں رکھ دیا ہے۔

اور اس بار بھی جب میں اسٹیشن پہنچا تو گاڑی جا چکی تھی!

خط لکھیں گے...

چند دنوں سے اہلیہ محترمہ کا موڈ اکھڑا اکھڑا تھا۔ چہرے پر اُداسی کے بادل بھی تیرتے نظر آتے تھے۔ ان کے اکھڑے اُکھڑے موڈ سے میں فکر مند تھا کہ دیکھیے وہ مجھ ناتواں پر کب گرجتی برستی ہیں۔ گھر میں قدم رکھتا تو دل بے طرح دھڑکنے لگتا۔ اور جب تک گھر کے اندر رہتا مجھ پر وحشت سوار رہتی۔ میں نے سُن رکھا تھا کہ عورتیں چھیڑے جانے پر پھٹ پڑتی ہیں۔ چاہے یہ اپنی ہوں یا پرائی ہوں۔ پرائی عورتوں کو چھیڑنے پر حلیہ تو بیرنگ ہوتا ہی ہے، ساتھ ہی روسیاہی بھی نصیب ہوتی ہے۔ اور اپنی عورتوں کو اُکھڑے موڈ میں چھیڑنے پر ازدواجی زندگی میں تلخی اور گھٹن نصیب ہوتی ہے۔ اسی سُنی ہوئی بات پر قائم رہ کر میں اپنی اہلیہ محترمہ سے دامن بچائے ہوئے تھا۔

لیکن ایک رات وہ اداس صورت لئے میرے پلنگ پر آ بیٹھیں۔ میرا تو جیسے خون خشک ہو گیا۔ میں نے سمجھا اب شیر کے پنجے میں جکڑ گیا ہوں۔ اسی خوف کی بنا پر میں نے آنکھیں موند لیں اور کسی "حادثے" کا منتظر رہا۔ ایک لمحہ... دو لمحہ... کئی لمحے گزر گئے۔ آنکھیں میچے میچے میں اکتا گیا اور سوچنے لگا کہ اب مجھے آنکھ کھول کر دیکھنا چاہئے کہ آفت کی آندھی کا رُخ کدھر ہے۔ لیکن تبھی "سوں سوں" کی بے ہنگم سی آواز سن کر میں چونک پڑا۔ آنکھیں کھول کر دیکھا تو اہلیہ محترمہ اپنی آنکھوں کا برساتی نالہ کھولے اپنا زرتار آنچل بھگونے پر تلی ہوئی ہیں۔ میں ہڑبڑا کر اُٹھ بیٹھا اور ان کا ہاتھ اپنے ہاتھ میں لے کر بڑے پیار سے بولا:

"مزاج دشمنانہ، آخر ماجرا کیا ہے؟"

"آپ تو ہمیشہ ایسے ہی کہتے ہیں۔ کچھ کرتے نہیں۔" انھوں نے آواز کا گلا اپنے ہونٹوں میں دبا کر کہا۔

"کیا نہیں کرتا؟ آپ حکم دے کر دیکھیں۔ میں انکار کروں تو گردن حاضر ہے۔"

"کہوں؟" انھوں نے آنسو پونچھ کر مسکراتی آنکھوں سے کہا۔ "آپ انکار نہیں کریں گے نا؟"

"میری مجال... ارے نہیں کیا مجال کہ انکار کردوں۔ کہیے!"

"آپ کبھی باہر کیوں نہیں جاتے؟"

"کیا؟ آپ کا مطلب ہے، اس گھر سے۔ اس شہر سے باہر چلا جاؤں۔" میں نے منہ اور آنکھ پھاڑ کر کہا۔

"جی!" انھوں نے شرما کر سر جھکا لیا۔

لیکن اہلیہ محترمہ کی یہ حرکت مجھے بہت بُری لگی۔ آخر وہ مجھ سے دوری کیوں چاہتی ہیں۔ کیا میں سٹھیا گیا ہوں؟ یا مجھ سے وہ اکتا گئی ہیں۔ میں نے ذہن کے گھوڑے کی لگام چھوڑ دی۔ مگر یہ اڑیل ٹٹو ثابت ہوا۔ آخر میں نے جھنجھلا کر کہا "میرے باہر چلے جانے سے آپ کو خوشی ہوگی؟"

"خوشی تو نہیں ہوگی، دُکھ ہوگا اور اس دکھ کی حالت میں، میں آپ کو خط لکھوں گی۔ محبت بھرا خط۔ جیسا خط غزالہ، آسیہ اور زہرہ اپنے شوہروں کو لکھتی ہیں۔ آپ نے مجھے آج تک ایسا خط لکھنے کا موقع نہیں دیا۔"

اہلیہ محترمہ کی خواہش کا دُکھ دیکھ کر مجھے بھی دلی دُکھ ہوا کہ میں نے کبھی انھیں اس طرح کا موقع کیوں نہیں دیا۔ میری جدائی میں جل کر آہیں بھرنے اور کاغذ رنگنے کی خواہش یقیناً فطری ہے۔ میں ان کی خواہش کا گلا گھونٹ کر اپنے اُوپر خون لینا نہیں چاہتا تھا۔ میں نے ان کی طرف دیکھا۔ ان کی آنکھوں کے نالے میں پھر طغیانی لہریں لینے لگی تھی۔ میں نے ان کی ناک پر

انگلی رکھ کر کہا، ان بیش قیمت موتیوں کو (سچ پوچھئے تو اس وقت ان کے آنسو موتی نہیں، بلکہ گندے پانی میں ملی پھٹکیاں نظر آرہے تھے۔ بھلا آپ ہی بتائیے۔ یہ بھی کوئی تُک ہوئی کہ بلاوجہ بلا کسی ارادے کے اور بغیر کسی ضرورت کے، گھر اور شہر چھوڑ کر ٹاپک ٹوئیاں مارتا پھروں!) جدائی کے دنوں کے لئے محفوظ رکھئے۔ ابھی سے اس طرح ضائع کر دینے سے ضرورت کے وقت پیاز چھیلنا پڑے گا۔ میں جلد ہی کچھ دنوں کے لئے باہر چلا جاؤں گا، تب آپ آنسو بہا کر خط لکھیں گی۔

میری بات سُن کر اہلیہ محترمہ کا چہرہ کھل اُٹھا۔ دوسرے لفظوں میں ان کے چہرے سے اُداسی کے بادل چھٹ گئے۔ وہ بولیں " جب میں خط لکھوں گی تو خط کی غلطیوں پر آپ مجھے معاف کر دیں گے "۔

میں اپنے خراب ہوتے ہوئے موڈ کو کنٹرول میں لاتے ہوئے بولا " آپ ایسا کیوں نہیں کرتیں کہ میرے جانے سے پہلے ہی خط لکھ کر مجھ سے غلطیاں درست کرا لیں "۔

میرے مشورے پر وہ چند لمحے غور کرتی رہیں۔ پھر بولیں " آپ ہی لکھ کر رکھ دیجئے میں اسے ہی پوسٹ کر دوں گی "۔

" مگر محبت نامہ تو آپ کو لکھنا ہے۔ اپنے مطلب کی بات آپ خود قلم بند کریں۔ میں غلطیوں کی اصلاح کر دوں گا "۔

لیکن وہ بضد ہو گئیں " میری لکھاوٹ بہت خراب ہے۔ آپ ہی لکھ دیجئے "۔

میں نے چاپلوسی سے کام لیتے ہوئے کہا " میں جہاں کہیں بھی باہر جاؤں گا آپ کا خط اپنے دوستوں کو دکھاؤں گا۔ اگر انھوں نے میری لکھاوٹ پہچان لی تو میں کہیں کا نہ رہوں گا "۔

آخر بہت دیر کی حجت فضیحت کے بعد یہ طے پایا کہ میں خط لکھ کر جاؤں گا اور میری اہلیہ محترمہ اپنے دست نازک سے اسے نقل کر کے مجھے پوسٹ کر دیں گی۔

اہلیہ محترمہ کی طرف سے اپنے نام، میں نے یہ خط لکھا:

میرے سرتاج دلربا!

موسم بہار کی آمد آمد ہے، آم میں مانجر آگئے ہیں۔ ہوا میں خوشبو رچ بس کر مجھے آپ کے لئے بے قرار کر رہی ہے۔ آپ مجھ سے اس قدر غافل کیوں ہو گئے ہیں؟ جہاں آپ ہیں وہاں شاید موسم بہار نہیں آتا، وہاں آم میں بور نہیں آتے، نہ ہی کوئل کوکتی ہے! اگر یہ سب ہوتا تو یقیناً آپ کو میری یاد ستاتی۔ آپ کی جدائی میں، میں سوکھ کر کانٹا ہوتی جا رہی ہوں۔ میں اتنی دبلی ہو گئی ہوں کہ میری چھوٹی انگلی کی انگوٹھی اب کلائی تک پہنچ جاتی ہے۔ بدن میں ہڈی اور چمڑے کے علاوہ کچھ بھی باقی نہیں ہے۔ آنکھوں میں صرف آپ کو دیکھنے کے لئے روشنی باقی رہ گئی ہے۔ اگر آپ کے دل میں اپنی اس چہیتی کے لئے ذرا بھی پیار ہے تو اس خط کو دیکھتے ہی چلے آئیے۔ اس خط کو خط نہ سمجھ کر تار سمجھئے۔

آپ کی اور صرف آپ کی

فرزانہ پروین

اس خط کو لکھنے کے بعد ایک مدت تک میں اپنی اہلیہ محترمہ کو اس خط کو پوسٹ کرنے کا موقع نہ دے سکا۔

آخر موسم گرما میں ڈیڑھ ماہ کی چھٹی پر ایک دن میں گھر سے ایک ہل اسٹیشن روانہ ہو گیا۔ وہاں پہنچ کر مجھے بڑا سکون ملا۔ گھر کی جھنجھٹوں سے نکل کر اپنے آپ کو بڑا آزاد آزاد سا محسوس کرنے لگا۔ ایک ہفتہ تو میں نئی جگہ اور نئے ماحول میں سب کچھ بھولا رہا۔ لیکن اس کے بعد مجھے اہلیہ محترمہ کی یاد بے طرح ستانے لگی۔ ان کے خط کا بھی انتظار رہنے لگا۔ حالانکہ یہاں پہنچتے ہی میں نے انھیں خط لکھ دیا تھا جس میں پتہ بھی تھا۔ اور مجھے ان کے خط کا انتظار تھا۔ ان کی خاموشی پر طرح طرح کے وسوسے ذہن میں حملہ آور ہوئے۔ کیا وہ واقعی دُبلی ہوتی جا رہی ہیں؟ یا ڈاک والوں نے میرے ساتھ سازش کی ہے؟ ڈاک کا نظم اتنا خراب ہو چکا ہے کہ خط، رجسٹری اور تار کی اہمیت باقی نہیں رہی ہے۔ مجھے یاد آ رہا ہے۔ دربھنگہ والے اپنے دوست امام اعظم کو میری ایک رجسٹری نہ ملنے سے چار آدمیوں کو پریشانی اٹھانی پڑی تھی ممکن ہے بیگم یعنی اہلیہ محترمہ نے مجھے خط پوسٹ کیا ہو۔ کبھی سوچتا، لوٹ جاؤں۔ نہ معلوم میری

غیر موجودگی میں ان پر کون سی افتاد آپڑی ہو۔ پھر اپنے آپ کو سمجھاتا کہ یہ دن بار بار نہیں آئیں گے۔ اسی کشمکش و پیچ میں دن رات گذر رہے تھے کہ سترھویں دن ان کا خط ملا۔ انھوں نے ہو بہو میرے لکھے ہوئے خط کی نقل بھیج دی تھی۔ عقل کی کسوٹی پر تو انھیں دیوالیہ کا ہی خطاب دیا جا سکتا ہے۔ انھیں یہ بھی سمجھ میں نہ آیا کہ اب موسم بہار نہیں بلکہ گرمی کا موسم ہے۔ اس پر طرہ یہ کہ اپنی عقل مندی کا ثبوت دیتے ہوئے انھوں نے ایک چٹ بھی رکھ دی جس میں بغیر کسی تخاطب کے انھوں نے لکھا تھا:

"آپ کو میں نے جو محبت نامہ لکھا ہے اسے سچ مت سمجھئے گا اور نہ خط دیکھتے ہی لوٹ آئیے گا۔ ہاں، خط کے جواب کے ساتھ اگلے خط کے لئے مضمون ضرور بھیجئے گا۔"

پوری تعطیل میں اہلیہ محترمہ نے میرے لکھے ہوئے چار خطوں کی نقل مجھے بھیجی۔ ساتھ ہی ہر خط کے ساتھ ایک چٹ وہ ضرور بھیجتی تھیں۔ آخری خط کے ساتھ جو چٹ آئی اُس میں انھوں نے لکھا تھا:

"مجھے بہت دُکھ ہے کہ اتنی جلدی آپ کی چھٹیاں ختم ہو رہی ہیں اور آپ کو میں اور خط نہ لکھ سکوں گی۔ میں سمجھتی ہوں کہ آپ کو بھی گھر لوٹنے کا دُکھ ہوگا۔ اس عرصہ میں محبت بھرے خطوط لکھنے میں جس طمانیت اور سکھ کا احساس ہوا ہے اس سے میرا وزن لگ بھگ تین کیلو بڑھ گیا ہے۔"

جب میں لوٹ کر گھر آیا تو سبھوں نے مجھے مبارکباد دی کہ میری صحت پہلے سے دوگنا ہوگئی ہے۔

میں نے پکا ارادہ کیا ہے کہ اب ہر چھٹی میں ہل اسٹیشن جایا کروں گا تاکہ وہ مجھے خط لکھ کر طمانیت حاصل کرتی رہیں اور میں اپنی صحت بناتا رہوں۔

●●

اُس کا آنا

ڈھلتی عمر میں آدمی بزرگ ہونے کے ساتھ ساتھ "بجو" بھی ہو جاتا ہے۔ (خفا ہونے کی بات نہیں۔ کیونکہ یہ لفظ ہمارے محلّے میں دھڑلے سے استعمال ہوتا ہے)۔

لیکن میں اپنا یا اپنے محلّے کا پوسٹ مارٹم کرانا نہیں چاہتا۔ بات یہ ہے کہ کوارٹر کی صفائی کا خیال یکایک آیا تھا۔ چھٹی تھی، سوچا، یہ صحت مند کام کر ڈالوں! اور سچ پوچھئے تو تین دن کی محنت کے بعد اپنے دو کمروں والے دیا سلائی نما کوارٹر کی صفائی سے یہ فرق آیا کہ ریٹائرڈ جوتوں (جن میں بغل کی مسجد سے غلطی سے آ گئے جوتوں کا شمار نہیں ہے) کا بکس جو دروازے کے بائیں طرف رکھا رہتا تھا۔ اب دائیں طرف رکھ دیا گیا۔ کھڑکی پر لگا اپنی قمیص کا پردہ اُتار کر پائجامے کا پردہ بدستور لگا دیا۔ تین سال پُرانے ہیما مالنی اور پدمنی کولہا پوری والے کیلنڈر کی جگہ ابھی کی جوہی چاولا کا کیلنڈر دیوار پر نظر آنے لگا، جسے لگاتے وقت بیگم کی بڑی تیکھی پھٹکار سُننی پڑی تھی۔ (حالانکہ یہ ہمارا 'اسپیشل اینڈ پرائیویٹ' معاملہ ہے' اس لئے عام لوگوں کو اس میں دخل اندازی کی قطعی ضرورت نہیں ہے)۔

لیکن تیسرے دن' جب میں صحت و صفائی کے کام سے فراغت پانے ہی والا تھا کہ پڑوس کی دیوار کے اُس پار سے آواز سُنائی دی۔ "آج رات وہ آئے گی۔ اس کا استقبال اچھے ڈھنگ سے کرنا ہے۔ وارے نیارے ہو جائیں گے۔"

میرے دونوں کان کھڑے ہو گئے۔

جمنا پرساد اپنے اوپر کے پورشن والے مدن کمار سے کہہ رہا تھا۔ "دروازے

کھلے رکھنا۔"

میں نے اپنے تن بدن میں آگ سی محسوس کی۔ ہمارے آس پاس ایسی عیاشی اور غنڈہ گردی!

ہم سب ایک ہی فیکٹری میں کام کرتے ہیں اور سرکاری کوارٹر میں رہتے ہیں۔ لیکن اس کا یہ مطلب تو نہیں ہے کہ دونوں پڑوسی یوں کھلے عام کسی کا انتظار کریں۔ کیا وہ رات میں آنے والی، کسی اسمگلر گروپ کی ہیڈ ہے؟ آخر ان دونوں کے وارے نیارے کیسے ہو جائیں گے؟ ضرور یہی بات ہے۔ ورنہ ان دونوں کی گھر والیاں (کوارٹر والیاں زیادہ صحیح ہے) کسی آنے والی کو کیسے برداشت کرلیں گی؟

دبے پاؤں چلتا ہوا میں کھڑکی کے پاس آگیا اور جھری سے جھانکتے ہوئے ان کی بات چیت سُننے لگا۔ بالکل جاسوسوں کی طرح۔ جاسوسی ناول میں نے بہت پڑھے ہیں اور لڑکپن سے ہی خواہش رہی ہے کہ جاسوس بنوں۔ آج جیسے موقع خود بخود آگیا تھا۔ جمنا پرساد، دانت نکوسے مدن کمار سے باتیں کئے جارہا تھا۔ اس کے دانت فٹ پاتھی دنت منجن کے اشتہار نظر آرہے تھے۔ مگر باتوں میں صفائی کہاں تھی۔ دونوں بولے جارہے تھے:

"اس سے پہلے تو وہ کبھی نہیں آئی۔ ہم ہمیشہ انتظار میں ہی رہے۔ بڑا ترڑپایا ہے اس نے۔ مگر اس بار اسے آہی جانا چاہیئے۔"

ان کی یہ مجال! معشوق کہیں کے! میرے ہوتے ہوئے یہ سیاہ کاری!

"نہیں ہونے دوں گا۔" میرے منہ سے غصہ بھری آواز نکلی۔ گھر کا خیال ذہن سے اتر گیا تھا۔ یکایک بیگم کی آواز کھردرے کان سے ٹکرائی۔

"کیا نہیں ہونے دیں گے؟ لیکن پہلے یہ تو بتائیے کہ کھڑکی کے پاس چھپ چھپ کر اُدھر کیا دیکھ رہے ہیں!"

اُس نیک بخت نے آگے بڑھ کر مجھے پیچھے ہٹاتے ہوئے تڑاق سے کھڑکی کھول دی۔

اُدھر نظر پڑی تو ہاتھوں کے طوطے اُڑ گئے (سچ مچ کا طوطا ہاتھ میں نہیں تھا۔ یہ محاورہ ہے) جہاں پہلے جمنا پرساد کھڑا تھا، وہاں اب اس کی جوان بیوی کا مسکراتا ہوا چوکھٹا تھا۔

بیگم اسی تیزی سے دروازہ بند کر کے بلیٹس اور 'نیوز ریل' کی طرح چالو ہو گئیں۔ آنکھوں سے آنسوؤں کی جھڑی بھی لگی ہوئی تھی۔" میں اچھی نہیں لگتی تو گلا کیوں نہیں دبا دیتے۔ ایک طرف ہیروئنوں کی تصویریں، دوسری طرف کھڑکیوں سے پرائی عورتوں کے ساتھ تاک جھانک۔ میرے ہوتے ہوئے یہ بے شرمی ... اوں ... اوں ... اوں ..." وغیرہ وغیرہ۔

میں نے گھبراہٹ میں ان کے سامنے گھٹنے ٹیک دیئے:

"تم جیسا سمجھ رہی ہو، ویسا بالکل نہیں ہے۔ میرے اس سوا چونتیس انچ کے سینے میں تمہارے لئے ابھی بھی اتنی ہی جگہ ہے جتنی شادی سے قبل چھپ چھپ کر ملتے وقت تھی۔ آنسوؤں کا سیلاب روکو اور مجھ پر بھروسہ رکھو۔"

شمشیر زنی یا تیراندازی کا کام تو میرے آباد اجداد نے بھی کبھی نہیں کیا تھا۔ لیکن اس وقت کی تیراندازی کام آئی۔ تیر ایسے نشانے پر بیٹھا کہ بیگم تیسوں دانت نکال کر ہنس پڑیں۔ (یہ راز کی بات ہے کہ پان مسالہ زیادہ استعمال کرنے سے ان کے دو دانت کیڑے کی نذر ہو گئے ہیں)۔

بیگم کے 'گووِنٹ گون' ہوتے ہی ذہن میں گونج سی پیدا ہوئی۔"وہ آئے گی رات میں ..."

لیکن پھر وہی خیال بغیر پاسپورٹ کے چکر لگانے لگا کہ ہو نہ ہو، ان کا تعلق کسی بڑے گروہ سے ہے۔ اگر ایسا ہے تو یہ لوگ ہتھیاروں سے لیس ہوں گے اور اپنی جان بچانے کے لئے کسی کی جان لینے میں ذرا بھی نہیں ہچکچائیں گے۔ مجھے جھرجھری سی آگئی۔ اس جھرجھری پر جاڑے کی صبح یاد آگئی جب اکثر سویرے سویرے بیگم رضائی کھینچ لیتی ہیں۔ پھر مجھے جاسوسی ناولوں کے سارے سچویشن یاد آنے لگے۔ وَن وَن زیرو وَن کی کار۔

دھماکہ۔ دھواں۔ اندھیرے کمرے میں سُرخ بلب۔ کسی کی شیطانی آنکھیں۔ مضبوط ہاتھ۔ کالی پرچھائیاں۔ ساتھ ہی ساتھ بیگم کی جھڑکیاں کہ جاسوسی ناول پڑھ پڑھ کر ذہن میں زنگ لگائیے۔ آنکھیں پھوڑیئے اور وقت کا 'مرڈر' کیجئے۔

لیکن میں نے سوچا کہ جاسوس بننے کا صحیح وقت آپہنچا ہے۔ جب میں اس گروہ کا خاتمہ کردوں گا تو محلے کے گھر گھر میں چرچا ہوگا، اخبار میں تصویر شائع ہوگی اور انعام واکرام سے بھی نوازا جاؤں گا۔ بیگم کی جھڑکیاں اور گھڑکیاں یاد کرکے میں دل ہی دل میں ہنس پڑا۔ اور رات کی تیاری میں لگ گیا کہ کس طرح اس گروہ کا قلع قمع کروں گا۔

بیگم کے بُرقع (بطور نقاب) اور ترکاری کاٹنے کی چھُری (بطور ہتھیار) کو میں نے خصوصی اہمیت دی اور رات کے دس بجتے بجتے گھر سے نکل کر اُس درخت پر چڑھ گیا جہاں سے کوارٹر کا آگا پیچھا دیکھ سکتا تھا۔ وقت سرکتا گیا۔ ہماری نگاہیں جمی رہیں۔

جمنا پرساد اور مدن کمار بھی دروازے کھلے رکھ کر انتظار کرتے رہے۔

آخر صبح کے ساڑھے تین بج گئے۔ غصّے سے میرا بُرا حال ہورہا تھا۔ درخت کی شاخ پر بیٹھے بیٹھے کمر، پیٹھ اور ٹانگ ایک ہوگئی تھی۔

تبھی جمنا پرساد نے پکار کر مدن کمار سے کہا "اب نہیں آئے گی!"

"ہاں، اب نہیں آئے گی۔"

دونوں دروازے پر آکھڑے ہوئے۔

میں پیڑ سے نیچے اُتر آیا اور چیختی ہوئی آواز میں پوچھنے لگا۔ "آخر کون آنے والی تھی؟"

"آج دیوالی ہے نا، اس لئے ..."

عقل کے دُشمن

"بیٹا مبارک ہو جناب۔" اندر سے نرس نے آکر سیٹھ کریم کو خوش خبری سُنائی۔ وہ خوشی کے مارے پھول کر سکڑے پھٹے ٹیوب سے، کسی بھاری بھرکم ٹرک کے اُڑ نائٹ ٹائر ہوگئے۔ مسکرا کر بولے۔ "ٹھیک ہے! بہت اچھا! ہاں سُنو، لو اپنا انعام لے لو۔"

نرس سیٹھ صاحب کی طرف دیکھنے لگی۔ انھوں نے پرس نکالا اور ایک ایک روپے والے چار پانچ سکے بڑھا کر بولے۔ "لو رکھو۔ پھر آگے پیچھے سمجھا جائے گا۔"

پانچ سکے دیکھ کر نرس نے اپنی لمبی ناک کو پانچ بار سکوڑا اور آنکھوں کو دائیں بائیں گھما کر بولی "یہ کیا جناب؟ یہ آپ کو زیب نہیں دیتا ہے"

"کیا مطلب؟"

"مطلب یہ کہ آپ کو شرم نہیں آتی۔" نرس نے چڑھ کر کہا۔

"کاہے کی شرم؟ میں لکھپتی ہوں، اس لئے کہتی ہو نا؟ لیکن مجھ جیسا بے شرم تمھیں ڈھونڈنے سے نہیں ملے گا۔ کیا سمجھی۔"

نرس تلملا کر بولی "مجھے انعام نہیں چاہیے۔ مجھے میری فیس دیجئے۔"

"بھئی عجیب بات ہے۔ اس خوشی کے موقع پر تم ذرا سی فیس کی بات کرتی ہو۔ ارے اس وقت تو بڑی بڑی باتیں کرو۔ مثلاً آج پورے شہر کی دعوت کردوں تو کیسا رہے؟"

نرس بھنویں چڑھا کر بولی "جناب میرے پاس اور بھی کام ہیں۔ مجھے میری فیس دیجئے۔ میں جانا چاہتی ہوں۔"

"ارے واہ، اتنی جلدی کیسے چلی جاؤ گی۔ ایسے دن بار بار نہیں آتے۔ آج تو تم چائے پی کر ہی جاؤ گی۔"

"میں چائے نہیں پیتی۔"

"چائے نہیں پیتی۔ یہ تو بڑی اچھی بات ہے۔"

"میں جانا چاہتی ہوں۔"

"ٹھیک ہے جاؤ۔"

"مگر میری فیس۔"

"پھر وہی چھوٹی سی بات! جاؤ کل صبح لے جانا۔ اس وقت جیب ہلکی کر کے میں اپنی خوشی کم کرنا نہیں چاہتا۔"

نرس نہ جانے کیا کیا بڑبڑاتی ہوئی چلی گئی۔

نرس کے جانے کے بعد انھوں نے اپنے چھوٹے بھائی کو آواز دی۔ جب وہ آیا تو بولے "اب تو گھر میں ایک منّا بھی آگیا ہے۔"

"ہاں بھائی صاحب۔ بڑی خوشی کی بات ہے۔"

"ہاں ہے تو۔ لیکن اس میں کچھ زیادہ خرچ کی نوبت تو نہیں آئے گی؟"

"کیسی بات کرتے ہیں بھائی صاحب۔ لڑکا پیدا ہوا ہے۔ تھوڑا بہت خرچ ہو بھی جائے گا تو کیا فرق پڑتا ہے۔"

"تم بھی ایک ہی بے وقوف ہو۔ ارے پیسے کی قیمت تم کیا جانو۔ تمھیں کیا پتہ کہ کتنی محنت سے میں نے دولت جمع کی ہے۔ اگر ایک روپیہ بھی کہیں فضول خرچ ہو جاتا ہے تو میرا ایک تولہ خون خشک ہو جاتا ہے۔ میں نے تمھیں یہی کہنے کے لئے بلایا ہے کہ خرچ پر خیال رکھو گے۔"

سیٹھ صاحب کا چھوٹا بھائی دل چھوٹا کر کے چلا گیا۔ دل چھوٹا کرنے کی بات ہی تھی۔ پانچ بچیوں کے بعد یہ بچہ پیدا ہوا تھا۔ جب بھی سیٹھانی حاملہ ہوتیں، سیٹھ کریم اپنی بیوی

سے شرط لگاتے کہ اب کی لڑکا ہی ہوگا۔ سیٹھانی کہتیں "مجھے تو لڑکوں سے زیادہ لڑکیاں اچھی لگتی ہیں۔ اس لئے لڑکی ہی ہوگی۔"

"تمھارے کہنے سے!" وہ چڑھ کر کہتے۔ "میں نے خواب دیکھا ہے کہ لڑکا ہوگا۔"

"نہیں۔" سیٹھانی ہنسنے لگیں۔ "لڑکی ہوگی۔"

"ہائے ہائے۔ کیا آسانی سے کہہ دیا کہ لڑکی ہوگی۔ اب تو جی چاہتا ہے کہ مٹی کا یا ربر کا بڑا سا لڑکا لاکر تمھارے سامنے کھلایا کروں۔"

سیٹھانی کھلکھلا کر ہنس پڑیں۔ "ایک بات کہوں۔"

"کہو۔"

"تم جس اسکول میں پڑھے ہو، اس اسکول کے سبھی ماسٹر عقل کے دشمن رہے ہوں گے۔"

"اور تم جس اسکول میں پڑھی ہو۔ اس اسکول کی ساری ماسٹرنیوں کے ایک ایک درجن لڑکیاں رہی ہوں گی۔"

"آخر تم لڑکیوں سے اتنے چڑھتے کیوں ہو؟"

"اور تمھیں لڑکیاں اتنی اچھی کیوں لگتی ہیں؟"

"لڑکیاں گھر کی زینت ہوتی ہیں۔"

"یہ سب پہلے زمانے کی باتیں ہیں۔ آج کل تو ایک لڑکی ہونے کا مطلب ایک لاکھ سے اُوپر کا خرچ ہے۔ شادی کے وقت جہیز کا مسئلہ الگ کھڑا ہو جاتا ہے۔"

"لڑکوں پر تو اس سے زیادہ کا خرچ آتا ہے۔"

"ہوتا ہے تو ان کے کمانے پر اور بیاہ کرنے پر سُود سمیت واپس بھی تو آجاتا ہے۔ تم جانتی ہو، میٹرک میں اکنامکس کا طالب علم رہا ہوں۔ اکنامکس پوائنٹ آف ویو سے لڑکا کے پیدا ہونے پر فائدہ ہی فائدہ ہے۔"

"یہ بات تو وہ سوچیں جن کے گھر میں مال نہ ہو۔ ہمارے یہاں تو تجوریاں بھری

ہوئی ہیں۔ خدا تمھیں سلامت رکھے۔"

"آئے ہائے۔ کیا آسانی سے کہہ دیا کہ تجوریاں بھری ہیں۔ کیا اسی لئے تجوریاں بھری ہیں کہ شرط لگا لگا کر لڑکیاں پیدا کرو۔ لیکن . . . لیکن اس بار ضرور لڑکا پیدا ہوگا۔ لگاؤ شرط۔"

"میں کہتی ہوں لڑکی ہوگی۔ آؤ لگاؤ شرط۔"

سیٹھ کریم نے اپنی بیوی سے اس انداز میں ہاتھ ملایا گویا اکھاڑے میں اُتر کر دو پہلوان ہاتھ ملا رہے ہوں۔

لیکن وقت پر شکست سیٹھ کریم کو ہی ہوئی اور بیچارے اپنا سر پیٹتے رہ گئے۔ مگر اگلی بار کی امید پر وہ اس کھسیاہٹ کو بھی جلد ہی بھول گئے۔

اور جب چھٹی بار سیٹھ کریم باپ بننے والے تھے تو مسجد کے مؤذن سے تعویذ اور گنڈے تک حاصل کر لائے۔ مسجد کے مؤذن کو وہ خدا رسیدہ بزرگ سمجھتے تھے۔ تعویذ، گنڈے اور جن بھوت بھگانے کے لئے ان کی شہرت دُور دُور تک پھیلی ہوئی تھی۔

نومولود کی آمد میں دس بارہ دن ابھی باقی تھے کہ ایک دن سیٹھ کریم نے اپنی بیوی سے کہا، "اس بار کیا کہتی ہو۔"

"تم بھی بڑے ویسے آدمی ہو۔ ہمارے تمھارے چاہنے سے کیا ہوگا۔ سب خدا کی مرضی سے ہوتا ہے۔"

"آہاہاہا۔ اب تک تو تمھاری مرضی سے ہوا۔ اور اب جب کہ میرے جیتنے کا وقت آیا تو کہتی ہو خدا کی مرضی سے سب کچھ ہوتا ہے۔"

"کیا مطلب؟"

"مطلب یہ کہ اس بار ضرور لڑکا پیدا ہوگا۔"

"اور اگر نہ ہوا تو؟"

"نہ ہوا تو . . ." سیٹھ کریم کا منہ اُترنے لگا۔ سیٹھانی کو ان پر ترس آگیا۔ بولیں۔

"اس بار مجھے لگتا ہے کہ لڑکا ہی ہوگا۔"

"وہ مارا۔" خوشی سے ان کا چہرہ کِھل اُٹھا۔ "ارے کوئی دیکھے۔ آج میں کتنا خوش ہوں۔ اگر سچ مچ لڑکا ہوا تو پھر دیکھنا، میں کس طرح جشن مناتا ہوں۔"

"کیا کیا کروگے۔"

"کچھ مت پوچھو۔ وقت آنے دو۔ خود ہی دیکھ لینا!"

اور آخر وہ وقت بھی آگیا۔ ساری رات عورتیں گھر میں ڈھولک پیٹتی رہیں۔ اور سیٹھ کریم بچے کے مستقبل کے بارے میں سوچتے رہے۔

صبح جب وہ ناشتہ پر بیٹھے تو چھوٹے بھائی کو بلا کر کہا "ذرا مؤذن صاحب کو بلالاؤ۔"

مؤذن صاحب آئے تو انھوں نے کہا "آپ اللہ والے ہیں۔ آپ نے قرآن پاک بھی حفظ کیا ہے۔ کچھ ایسی نیک باتیں بتائیں جن سے میرا اور بچّے کا بھلا ہو۔"

مؤذن صاحب سیٹھ کریم کی نس نس سے واقف تھے۔ اسی لئے نیک باتیں بتانے سے پہلے انھوں نے کہا "رات میں نے بچّے کے تولد ہونے پر اذان دی تھی۔ اس کا نذرانہ ابھی نہیں ملا۔"

"ارے اتنی چھوٹی سی بات۔ اچھا یہ لیجئے۔" سیٹھ کریم نے جیب سے ایک ایک روپے والے پانچ سکّے نکال کر مؤذن صاحب کی طرف بڑھا دیا۔

مؤذن صاحب ناک بھنوں چڑھا کر بولے۔ "یہ کیا جناب..."

"پرواہ مت کیجئے۔ ہم آپ آگے پیچھے کھتے رہیں گے۔ بات دراصل یہ ہے کہ صبح ہی صبح اگر میں زیادہ پیسے خرچ کردوں گا تو دن بھر ہر کام میں ایک روپیہ کی جگہ چالیس روپے خرچ ہوں گے۔ دس روپے تو یقینی خرچ ہو جائیں گے۔"

مؤذن صاحب کو خاموش ہو جانا پڑا۔ مگر دل ہی دل میں وہ کُڑ کُڑا کر رہ گئے اور سیٹھ کریم سے زیادہ سے زیادہ خرچ کرانے کی ترکیب سوچنے لگے۔ اسی سوچ میں انھوں نے اپنی آنکھیں بند کرلیں۔

چند لمحے بعد مؤذن صاحب نے آنکھیں کھولیں تو سیٹھ کریم چونک پڑے۔ ان کی آنکھیں سُرخ ہو گئی تھیں اور حلقے سے باہر نکلی پڑ رہی تھیں۔ وہ بڑ بڑا بھی رہے تھے۔

"نہیں، نہیں۔ ایسا نہیں ہو سکتا۔"

"کیا نہیں ہو سکتا مؤذن صاحب؟" سیٹھ کریم کچھ بدحواس نظر آنے لگے۔

"جناب۔ بات یہ ہے کہ جو بات ہے وہ بڑی عجیب بات ہے۔"

"کہئے۔ جلدی کہئے۔ دیکھئے میرے دل کی دھڑکن اسپیڈ پکڑ رہی ہے۔"

"یہ لڑکا جو کل پیدا ہوا ہے اس پر کسی جن کا سایہ ہے۔ اور ممکن ہے سولہ برس کی عمر تک پہنچتے پہنچتے اس کا سیکس چینج ہو جائے۔ آپ نے غور کیا ہوگا۔ بچہ رات دس بجے پیدا ہوا ہے لیکن اب تک وہ بہت کم رو یا ہوگا۔"

"ہاں، میں نے اس کے رونے کی آواز نہیں سُنی۔ لیکن ... اس کا سیکس چینج ہو جائے گا ... یعنی کہ ... نہیں نہیں۔" سیٹھ کریم اپنا دل تھام کر کراہنے لگے۔ تھوڑی دیر تک گہری خاموشی رہی۔ مؤذن صاحب آنکھیں بند کئے بیٹھے تھے۔ آخر انھوں نے ہی آنکھیں کھول کر خاموشی توڑی۔ "لیکن اللہ پاک کی مہربانی آپ کے شامل حال ہو سکتی ہے۔"

"وہ کیسے، جلدی کہئے۔" سیٹھ کریم سنبھل کر بیٹھ گئے۔

"مجھے چالیس دن تک چلہ کشی کرنی ہوگی۔ اور آپ کو ایک سو فقیروں کو کھانا کھلوانا ہوگا۔"

"ایک سو فقیروں کو؟"

"جی ہاں۔"

"اس میں خرچ کتنا آئے گا؟"

"اندازاً پانچ ہزار چھ ہزار۔"

"چھ ہزار۔" سیٹھ کریم اُچھل پڑے۔ "یہ تو بہت زیادہ ہے۔"

"مجھے اس سے غرض نہیں۔ آپ جانیں اور آپ کے گھر کی رونق۔"

"اچھا اچھا۔ لیکن یہ ہونا کب چاہیئے؟"

"بارہ گھنٹے کے اندر۔ کیونکہ بچّہ کو پیدا ہوئے بارہ گھنٹہ گذر چکا ہے۔ اس کام کی میعاد ۲۴ گھنٹہ ہوتی ہے۔"

"ارے اتنی جلدی۔"

"تبھی یہ لڑکا۔۔!"

"اچھا اچھا۔" وہ جلدی سے بات کاٹ کر بولے "میں روپے آپ کو دے دوں۔ آپ اپنے ہی گھر پر یہ کام کر ڈالیں۔ یہاں تو یہ ممکن نہیں۔"

"بڑا جھنجھٹ کا کام ہے ... لیکن ... یہ آپ کا معاملہ ہے۔ اس لئے انکار کرتے بھی نہیں بنتا۔"

"ہاں، ہاں، آپ میری وجہ سے یہ جھنجھٹ برداشت کیجئے۔ لیجئے۔ سات ہزار روپے۔ ایک ہزار چلتے چلتے کا خرچ۔ میں ایک جوڑا کپڑا بھی بنوا دوں گا۔"

مؤذن صاحب اُٹھتے ہوئے بولے "اب آپ فکر نہ کیجئے۔ انشاءاللہ یہ لڑکا ہمیشہ لڑکا ہی رہے گا۔ ہاں، جب لڑکا نہا لے تو مولود شریف کرنا مت بھولئے گا!"

چمچہ

سائنسدانوں کی اَن تھک کوشش اور تجربے سے ثابت ہوا ہے کہ چمچے اسی وقت پیدا ہو چکے تھے جب انسانی تہذیب کی شروعات ہوئی تھی۔ اس وقت چمچے کس اصلیت کے تھے، ابھی اس کی تحقیق نہیں ہو سکی ہے۔ لیکن بہت برسوں بعد وہ "منھ لگے" کے نام سے مشہور تھے۔ سبھی شاہی درباروں میں ان کی موجودگی کے آثار ملتے ہیں۔ اس وقت بادشاہ یا راجا تو صرف تخت پر ہی بیٹھتے تھے، کام کاج ان ہی چمچوں کے ہاتھ میں تھا۔ ان کے منھ سے نکلی ہوئی بات لوہے کی لکیر تھی۔ عوام جتنے خوفزدہ بادشاہ یا راجہ سے تھے، اس سے کئی گنا زیادہ خوف انھیں ان چمچوں سے معلوم ہوتا تھا۔ کہنے کا مطلب صرف اتنا ہے کہ اس وقت بادشاہ یا راجہ کا منہ وہ لاؤڈ اسپیکر تھا جس کا کنکشن اس مائک سے ہوتا جسے "منہ لگے" بولا کرتے تھے۔

آزادی سے پہلے یعنی برٹش حکومت میں چمچوں نے اپنا دائرۂ کار کافی بڑھایا اور تھوک کامیابی حاصل کی۔ باہر انقلاب زندہ باد کے نعرے لگاتے اور اندر ہی اندر انگریزحاکموں کے اشارے پر ناچتے۔ یہ ناچ بھاکڑہ ناچ ہوتا تھا یا بامبوسس ناچ۔ یہ تو صرف سوچنے اور سمجھنے کی بات ہے۔

ملک جب آزاد ہوا تو آزادی کا سہرا اپنے سروں پر باندھ کر یہ چمچے نیتاگیری کا چانس ہتھیا کر بیٹھ گئے۔ جنھیں نیتاگیری نہیں ملی وہ ادھر دوڑنے لگے جدھر شہد کی چاشنی نظر آئی۔

یہ حقیقت ہے کہ چمچوں کے بغیر کوئی بھی نیتا، کوئی بھی لیڈر یا روپیہ والا کوئی بھی گیدڑ خود کو ادھورا ادھورا محسوس کرتا ہے۔ اور اس طرح سارے ملک میں چمچوں کی قوم منتشر ہو کر اپنے فرائض انجام دے رہی ہے۔ اگر آپ بہ نظرِ غائر دیکھیں تو یہ چمچے قدم قدم پر دکھائی دے جائیں گے۔ خاص طور سے منسٹر کی کوٹھی کے باہر، سرکاری دفتروں کے باہر، بے روزگاروں کی بھیڑ میں، کسی کیفے میں یا ریل میں یا کسی گیدڑ کی دوکان سے لے کر کروڑی مل کے شاندار ہوٹل تک چمچوں کی لمبی قطار مل جائے گی۔

البتہ انھیں شناخت کرنے کے لئے ایک خاص نظر کے استعمال کی ضرورت پڑتی ہے اب سوال یہ ہے کہ وہ نظر کون سی ہے؟ یہ بھی سمجھنے کی بات ہے۔ اسے یوں سمجھا جا سکتا ہے کہ جب آپ کے سامنے کوئی مسئلہ کھڑا ہو جائے۔ جیسے تبادلہ کروانا ہو، لفنگے بیٹے کے مارکس بڑھوانے ہوں یا باس کی ڈانٹ کا بدلہ لینا ہو تو آپ چمچوں کی مدد حاصل کر لیں مسئلہ فوراً اور یقیناً حل ہو جائے گا۔

ایک بہت ہی قدیم کتاب میں لکھا ہوا ہے کہ:

• ایک ہاتھی نے خود کو بے دست و پا پایا تو خدا کو یاد کرنے لگا۔ خدا نے اس کی دردناک آواز سُنی تو رحم کھا کر اسے بچا لیا۔

ٹھیک اسی طرح چمچوں کو یاد کرنے سے آپ کا سارا دکھ درد دُور ہو سکتا ہے۔ لیکن اس میں ایک اور شرط ہے۔ وہ یہ کہ جب تک ان چمچوں کے آگے نوٹوں کی گڈی نہ رکھی جائے ان کی کسماہٹ نہیں جاتی۔ اور جب تک ان کی کسمساہٹ باقی ہے، سمجھئے یہ مگرمچھ بنے رہیں گے اور آپ کو ہاتھی سمجھتے رہیں گے۔

چمچے بنے بنائے مل جاتے ہیں۔ پھر بھی ان کے بنانے کی ایک ترکیب سمجھ میں آتی ہے۔ دیکھئے:

مکھن (لگائیے) + محلوں کے خواب (دکھائیے) + گرم کیجئے (نوٹوں سے) = چمچہ

نوٹ : چمچوں کو تیار کرنے سے پہلے شرم، حیا، التجا، سنکوچ جیسی نقصان دہ چیزوں کو ان سے دور رکھیے۔

چمچے دیکھنے میں بھلے آدمی لگتے ہیں اور خود کو عوام کے خدمت گار بتلاتے ہیں۔ کوئی چمچہ جلدی پگھلتا ہے تو کوئی دیر سے۔ نوٹوں کی گرمی پر یہ بات منحصر ہے۔ جیسی ہوا ہو ویسی ہی شکل یعنی ویسا ہی رُخ اختیار کر لیتے ہیں۔

ایک چمچہ دوسرے چمچہ کو دیکھ کر کبھی حسد نہیں کرتا۔ چمچے چمچے موسیرے بھائی ہوتے ہیں۔ میرے انجینئر سالے نے بتایا کہ ان کا تجربہ اور مشاہدہ ہے کہ ایک چمچے کا دوسرے چمچے سے وہی رشتہ اور تعلق ہوتا ہے جو سالے اور بہنوئی کا ہوتا ہے۔ واللہ اعلم!

چمچے اگر کسی کا گلا بھی کاٹتے ہیں تو ہنستے ہنستے، جس سے تکلیف نہیں ہوتی۔ چمچوں کی درج ذیل مختصر ڈکشنری سے ان کی خصوصیات کا اندازہ لگایا جا سکتا ہے:

چمچہ : چمڑے کو چاروں طرف سے گھیرے رکھنے والا شخص۔ چاپلوس اور منہ لگا۔

چمچو : جس کی آنکھیں نئے نئے چمچوں کی تلاش میں ہوں۔

چمچاگر : ریٹائرڈ چمچہ۔ جو اب سپلائی کا کام کرتا ہے۔

چمچہ گری : مکھن لگانے کا فن۔

چمچہ تُرُ : چاپلوسوں کی تعداد بڑھانے کو بے چین شخص۔

چمچارتھی : چمچہ بننے کا امیدوار، جس کی درخواست زیرِ غور ہو۔

چمچہ رس : چمچے کے منہ سے ہر وقت ٹپکنے والی تعریفی رال۔

چمچہ لِت : چمچوں کی رائے پر چلنے والا۔

چمچہ لَت : جسے چمچہ رکھنے کی لت پڑ جائے۔

چمچہ چار : کسی کا چمچہ بننے سے پہلے سیکھا جانے والا طور طریقہ۔

چمچہ تیت : جس کے پاس زیادہ چمچہ رکھنے کی گنجائش نہ ہو۔

چمچلو : موقع بے موقع بغیر سوچے سمجھے اُلوؤں کی طرح آنکھیں بند کر کے تعریف کے پُل

باندھنے والا۔

چمچی : (الف) چاپلوس عورت

(ب) چمچوں کی گھروالی

(ج) باہر کے لوگوں کی چاپلوسی سے مست ہوکر گھر میں شوہر کے ذریعہ بیوی کو دیا جانے والا پیار بھرا خطاب۔ جیسے 'آؤ میری چمچی'۔ 'لے لو میری جان چمچی'۔

چمچنگل : چمچوں کا جال۔

چمچونج : بے وقوف چمچہ۔

چمچوکش : ہر فائدہ کی بات کو پوشیدہ رکھنے کا گُر جاننے والا۔

چمچنوش : جو بلانوش ہرگز نہ ہو۔

غرض چمچے کی تعریف کرنا چراغ کو بلکہ موم بتی کو بلب دکھانے کے مترادف ہے۔ ویسے تعریف اس کی ہوتی ہے جس کی کوئی تعریف نہ ہو۔

پیکرانِ بے سخن

تصویر کا چکر

سہیل عظیم آبادی، رضوان احمد، امتیاز احمد، مناظر عاشق ہرگانوی اور دوسرے اقبال ہوسٹل پٹنہ کے کمرہ نمبر ۳۵ میں بیٹھے باتیں کر رہے تھے۔ ہرگانوی نے سہیل عظیم آبادی سے گذارش کی کہ ایک گروپ فوٹو ہو جائے۔ سہیل صاحب مسکرائے، پھر بولے "اس تصویر کھنچوانے پر مجھے کرشن چندر یاد آ گئے۔ پیس کانفرنس اور انڈو پاک کلچرل کانفرنس میں دُنیا بھر کے ادیب و شاعر موجود تھے۔ خوشتر گرامی نے دہلی کے کسی اچھے ریسٹورنٹ میں ٹی پارٹی دی تھی۔ اسی پارٹی میں ایک صاحبہ کرشن چندر سے بولیں "میری بڑی تمنا ہے کہ آپ کے ساتھ تصویر کھنچواؤں۔"

کرشن چندر ہنس کر بولے "مجھے کوئی اعتراض نہیں۔"

اسی لمحہ ایک اور صاحبہ آ گئیں اور کرشن چندر کو تقریباً گھسیٹتی ہوئی بولیں "پلیز ایک منٹ، مجھے جلدی ہے اور آپ کے ساتھ تصویر لینا بھی ضروری ہے۔"

کرشن چندر اس اَک ورڈ پوزیشن سے گھبرا گئے اور کسی طرح پیچھا چھڑا کر اس میز تک پہنچے جہاں واجدہ تبسم، اشفاق اور ساحر وغیرہ بیٹھے ہوئے تھے۔ اسی وقت کسی نے تصویر لے لی۔ کرشن چندر بہت ہنسے پھر بولے "نہ اِن صاحبہ کے ساتھ، نہ اُن صاحبہ کے ساتھ۔ دراصل آج ہماری تصویر واجدہ تبسم کے ساتھ کھنچنی تھی سو کھنچ کے رہی۔"

○

کھانسی

ٹیلی ویژن سنٹر سری نگر میں جگن ناتھ آزاد، شکیل الرحمٰن، حامدی کاشمیری، ظفر احمد، امین کامل، شمس الدین احمد اور مناظر عاشق ہرگانوی محوِ گفتگو تھے کہ کسی نے کھانسنا شروع کر دیا۔

جگن ناتھ آزاد بولے "اس کھانسی پر مجھے ایک واقعہ یاد آرہا ہے۔ ایک مشاعرہ میں صدر مشاعرہ کھانسنے لگے۔ جو شاعر کلام پڑھ رہے تھے وہ خاموش ہو گئے۔ جب صدر مشاعرہ کی کھانسی رُکی تو وہ خاموش ہو جانے والے شاعر سے بولے۔ "اب آپ کھانسئے! میں کلام پڑھتا ہوں۔"

○

سُنّی مسلمان

بانکی پور کلب پٹنہ میں ڈاکٹر قمر رئیس، مجتبیٰ حسین، سہیلؔ عظیم آبادی، شکیلہ اختر، مصطفیٰ کمال، سرور جمال اور مناظر عاشق ہرگانوی بیٹھے باتیں کر رہے تھے۔ سہیل عظیم آبادی گفتگو میں حصہ نہیں لے رہے تھے۔ آنکھیں بند کئے بیٹھے تھے۔ شکیلہ اختر نے انھیں مخاطب کر کے کہا۔ "آپ بہت سوتے ہیں۔"

"سوتا نہیں ہوں بلکہ میں سُنّی مسلمان ہوں، اس لئے صرف سُنتا ہوں۔" سہیل عظیم آبادی نے بیحد سنجیدگی سے جواب دیا۔

○

شادی کی وجہ

مظہر امام کے گھر سری نگر میں خلیل الرحمٰن اعظمی، مظہر امام، مبینہ امام، شاہدہ کمال، شہیر امام، فرزانہ امام اور مناظر عاشق ہرگانوی بیٹھے باتیں کر رہے تھے۔ شادی کی بات نکلی تو خلیل الرحمٰن اعظمی نے کہا، "اردو کے ایک شاعر کو شادیاں کرنے کا شوق تھا۔ ان سے لوگوں نے اس شوق کی وجہ پوچھی تو انھوں نے کہا۔ جب دولہا بن کر لڑکی کے گھر جاتا ہوں تو عورتیں کہتی ہیں "لڑکا آرہا ہے۔"

میں بھی لفظ "لڑکا" سننے کے لیے شادیاں کرتا ہوں۔"

○

فائدے کا فائدہ

راج بھون پٹنہ میں سابق گورنر بہار دیوکانت بروا، علامہ جمیل مظہری، فراق گورکھپوری، مناظر عاشق ہرگانوی اور دوسرے لوگ بیٹھے باتیں کر رہے تھے۔ گفتگو جب خالص ادبی موضوع پر ہونے لگی تو جمیل مظہری نے فراق سے پوچھا۔

"ادب کی افادیت کیا ہے؟"

فراق نے جواب دیا۔ "ایک بچہ گولی کھیل رہا تھا۔ اس کے باپ نے اسے سمجھایا کہ گولی کھیلنا مناسب نہیں ہے، اس سے کوئی فائدہ نہیں، اس لئے مت کھیلو۔ بچہ گولی کھیلنے کے بجائے لٹو نچانے لگا۔ باپ نے اس کھیل سے بھی اسے منع کیا کہ لٹو نچانے سے کوئی فائدہ نہیں ہے۔ تب وہ پتنگ اڑانے لگا۔ لیکن باپ نے اس حرکت سے بھی اسے منع کیا کہ اس سے بھی کوئی فائدہ نہیں ہے۔ بچے نے جھنجھلا کر باپ سے پوچھا "آخر فائدے کا فائدہ کیا ہے؟ آپ ہی بتائیں؟"

○

فائدہ ایک لطیفہ

اسی محفل میں فائدہ پر بات چلی تو فراق گورکھپوری نے ایک لطیفہ سنایا۔ ایک آدمی نے کسی بنیے سے پوچھا کہ "مرنے کے بعد جنت میں جانا پسند کروگے یا جہنم میں؟"

بنیے نے کہا "فائدہ جہاں زیادہ ہو۔"

○

دو چار جوُتے بھی پڑے

فراق گورکھپوری، رام موہن رائے سیمنری، پٹنہ میں شرکت کے لئے آئے تھے مشاعرہ میں قریب دس ہزار کا مجمع تھا۔ فراق کو کافی داد مل رہی تھی اس لئے وہ پڑھے ہی جا رہے تھے جب کافی دیر ہوگئی اور کھڑے کھڑے وہ تھک گئے تو پڑھتے پڑھتے مائک کے پاس ہی بیٹھ گئے ان کے بیٹھنے کے بے ساختہ انداز پر سامعین کی ہنسی چھوٹ گئی۔ فراق نے برجستہ کہا۔

حضرتِ داغ جہاں بیٹھ گئے بیٹھ گئے
دو چار جوُتے بھی پڑے پھر بھی نہ اُٹھے اینٹھ گئے

○

پہلو بہ پہلو

آل انڈیا ریڈیو پٹنہ میں کلام حیدری، شمیم فاروقی، ڈاکٹر عبدالخالق اور مناظر عاشق ہرگانوی بیٹھے باتیں کر رہے تھے۔ فراق گورکھپوری کا ذکر آیا تو کلام حیدری کہنے لگے "میں، محمود احمد ہنر کے ساتھ فراق سے ملنے گیا تھا۔ باتوں کے دوران وہ مجھ سے پوچھنے لگے، "آپ پڑھے لکھے آدمی ہیں اس لئے بتلائیے کہ میرؔ کے پہلو بہ پہلو اُردو کے کس شاعر کو کھڑا کیا جا سکتا ہے؟"

"اختیار مجھے دیا گیا ہے اس لئے میں خود کو کھڑا کئے لیتا ہوں" کلام حیدری کا جواب تھا۔

فراق مسکرا کر رہ گئے۔ یہ مسکراہٹ معنی خیز تھی۔

○

چائے نہ پینے کا شوق

پروفیسر یوسف خورشیدی، رضوان احمد، ڈاکٹر امتیاز احمد، جمیل احمد، مناظر عاشق

ہرگانوی اور کئی لوگ بیٹھے باتیں کر رہے تھے۔ جمیل مظہری کا ذکر آیا تو یوسف خورشیدی نے بتایا ۔ کلکتہ میں پروفیسر عبدالباری، علامہ جمیل مظہری اور کئی احباب مولانا ابوالکلام آزاد کی خدمت میں حاضر ہوئے۔ باری اتفاق سے چائے نہیں پیتے تھے بلکہ اس سے نفرت کرتے تھے اور چائے نہ پینے والوں کو آزاد خطرناک آدمی سمجھتے تھے۔ جمیل مظہری نے مولانا سے پوچھا ۔ پروفیسر باری اتفاق سے چائے نہیں پیتے ہیں ۔ ان کے متعلق حضور کی کیا رائے ہے؟ "

مولانا آزاد مسکرا کر بولے ۔ یہ خطرناک تو نہیں ہیں ۔ لیکن ایک گوشہ ان کے ذہن کا بہرحال خالی ہے ۔ سو وہ چائے نہ پینے کا نتیجہ ہے۔"

○

نبوت کے آثار

اسی محفل میں پروفیسر یوسف خورشیدی نے بتایا ۔ ایک مرتبہ علامہ جمیل مظہری کو اختلاجِ قلب کی شکایت ہوئی۔ مولانا ابوالکلام آزاد نے مزاج کی کیفیت پوچھی تو انھوں نے اپنا حال یوں بیان کیا ۔ "جب تکیے پر سر رکھتا ہوں تو کان بولنے لگتے ہیں اور کچھ بدبداہٹ کی آوازیں آنے لگتی ہیں ۔ گھبرا کر اٹھ بیٹھتا ہوں۔"

مولانا نے کہا ۔ "گھبرانے کی کیا بات ہے بھئی ۔ یہ تو نبوت کے آثار ہیں۔"

○

زخم کی جگہ

اسی محفل میں "عظیم آباد ایکسپریس" کے ایڈیٹر رضوان احمد نے کہا ۔ ایک مرتبہ پروفیسر طاہر رضوی کی انگلی زخمی ہو گئی۔ وہ اپنی انگلی پر کپڑے کی پٹی لپیٹے ہوئے تھے۔ مولانا آزاد کے پاس پہنچے تو ان کی نظر پڑ گئی ۔ پوچھا ۔ "بھئی یہ کیا معاملہ ہے؟"

طاہر بولے ۔ "مولانا، ایک زخم ہے۔"

یہ سن کر مولانا آزاد کلمے کی انگلی کو اپنے سینے کے بائیں طرف لے گئے اور دل کے قریب رکھ کر بولے • طاہر صاحب، اس کی جگہ یہاں تھی، کیا غلط جگہ چنی ہے آپ کے زخم نے۔

○

فرانسیسی سے واقفیت

مشہور محقق قاضی عبد الودود کے یہاں ڈاکٹر عابد رضا بیدار، قاضی مسعود احمد اور مناظر عاشق ہرگانوی بیٹھے ہوئے تھے۔ گفتگو ابوالکلام آزاد پر ہو رہی تھی۔ قاضی عبد الودود صاحب نے بتایا • ایک بار، ایک ڈِنر میں ذاکر حسین بھی موجود تھے۔ کسی نے کھانے کے دوران کہا کہ آزاد فرانسیسی بھی جانتے تھے۔

• جی ہاں، فرانسیسی سے واقف تھے۔ ذاکر حسین نے برجستہ جواب دیا۔ لیکن ترجمہ کے ذریعہ سے۔

○

شکل پہچانی نہیں جاتی

مظہر امام نے علامہ جمیل مظہری، سہیل عظیم آبادی اور مناظر عاشق ہرگانوی کو دن کے کھانے پر بلایا تھا۔ جمیل مظہری کچھ دیر سے پہنچے۔ آتے ہی کہنے لگے " بھئی، آنے میں دیر ہوگئی۔ ذرا میں داڑھی بنوانے ایک سیلون چلا گیا تھا۔ لیکن ایک خاص بات یہ ہوئی کہ اپنی کمزور نظروں سے آج میں نے آئینہ میں صورت دیکھی۔ سچ کہتا ہوں، عمر کی زیادتی سے اپنی شکل نہیں پہچانی گئی۔ ابوالخیر کشفی کی یہ رُباعی بے طرح یاد آرہی ہے ۔

پیری کا عجب طور نظر آتا ہے   ہر دَور عجب دَور نظر آتا ہے
بھولے سے جو آئینہ اُٹھاتا ہوں   اس میں تو کوئی اور نظر آتا ہے

○

ٹیلی ویژن کی بینائی

نسیم انہونوی، ابو محمد شبلی، رضوان احمد، مناظر عاشق ہرگانوی اور دو ایک حضرات نسیم بکڈپو لکھنؤ میں بیٹھے باتیں کر رہے تھے۔ اُردو کی ابتدائی تعلیم پر باتیں ہونے لگیں تو نسیم انہونوی نے فرمایا " میرے گھر میں ایک لطیفہ ہوا۔ فہیم انہونوی بچپن سے انگلش اسکول میں تعلیم پاتے رہے۔ جب ذرا سیانے ہوئے تو اُردو تعلیم کی طرف توجہ دی گئی۔ ان کے اُردو سیکھنے کے دوران ایک بار گھر پر ان کے کچھ دوست ملنے آ گئے۔ اتفاق سے گھر میں ناشتے کا سامان نہیں تھا۔ ان کے دوست ٹی وی دیکھنے لگے اور فہیم میاں نے نوکر کو میرے پاس دوڑایا۔ انھوں نے کاغذ کے ٹکڑے پر لکھا تھا:

" میرے چند دوست ٹیلی ویژن کی بینائی کرنے آئے ہیں۔ گھر میں رزق نہیں ہے۔ برما بسکٹ فیکٹری سے کچھ بسکٹ خرید کر بھیج دیں۔"

○

متغنی اور ماشاءاللہ

اسی محفل میں نسیم انہونوی نے بتایا " فہیم میاں کو متغنی اُردو بولنے کی عادت ابتدا سے رہی ہے۔ اُردو سیکھنے کے ابتدائی دور میں ایک بار وہ گھر سے گھبرائے ہوئے دفتر آئے اور مجھ سے کہنے لگے " امی جان کی طبیعت ماشاءاللہ بہت خراب ہے۔"

ایک بار ایک لالہ جی ملنے آئے تو فہیم انہونوی کہنے لگے " قبل سے تم متغنی تھے۔ بیماری میں اور متغنی ہو گئے ہو۔"

منحنی کو وہ متغنی کہہ رہے تھے۔

○

تبتت یدا

اسی محفل میں ابو محمد شبلی نے سنایا مرزا محمد عسکری (مترجم، تاریخ ادبِ اردو) کے ایک گہرے دوست مولوی مجیب اللہ فرنگی محلی تھے۔ وہ ایک فاضل، شاعر، بذلہ سنج اور آزاد طبیعت صوفی تھے۔ ایک مرتبہ ایک درویش کی خدمت میں حاضر ہوئے۔ درویش نے ان کا اسمِ گرامی دریافت کیا، معلوم ہوا کہ "قل ھو اللہ شاہ" ہے۔ جب شاہ صاحب نے صوفی کا نام پوچھا تو جواب دیا "خاکسار کو تبت یدا کہتے ہیں۔"

○

مرثیہ

علامہ جمیل مظہری اور مناظر عاشق ہرگانوی ساتھ ساتھ پٹنہ ریڈیو اسٹیشن پہنچے۔ مظہر امام وہاں پروگرام ایگزیکیٹو نیز اردو سکشن کے پروڈیوسر تھے۔ انھوں نے جمیل مظہری سے فرمائش کی "محرم کے موقع پر پٹنہ ریڈیو سے خاص پروگرام نشر کرنے کا ارادہ ہے۔ اس لئے آپ کا مرثیہ ضروری ہے۔"

"میرا مرثیہ؟ ابھی سے؟ مگر پڑھے گا کون؟" جمیل صاحب نے بڑی سادگی سے پوچھا۔

"آپ کا مرثیہ خود آپ پر نہیں ہوگا۔ اپنا لکھا ہوا مرثیہ آپ خود ریکارڈ کرائیں گے۔" مظہر امام نے تفننِ طبع سے کام لیتے ہوئے مسکرا کر کہا۔

○

مضامینِ نو

پروفیسر ابوذر عثمانی، پروفیسر صدیق مجیبی، پروفیسر حسن امام، پروفیسر ظفر سعید، پروفیسر

شاداں یزدانی، مناظر عاشق ہرگانوی اور دوسرے لوگ بیٹھے پڑھے لکھے جاہلوں کی بات کر رہے تھے۔ صدیق مجیبی نے بتایا۔ ایک پروفیسر صاحب نے خلیل الرحمٰن اعظمی کے مجموعۂ مضامین "مضامین نو" کو دیکھنے کے بعد کہا۔
"اس میں تیرہ مضامین ہیں لیکن نام رکھا ہے۔ مضامینِ نو۔ کیسی فاش غلطی ہے۔"

○

کلی کا کھُلنا

اسی محفل میں صدیق مجیبی نے بتایا۔ ایک پروفیسر صاحب کلاس میں یہ مصرعہ یوں پڑھاتے تھے ؎

کھُلنا کم کم کلی نے سیکھا ہے

کئی بار شکایتیں ملیں تو ایک مرتبہ میں نے جان بوجھ کر ان سے اس مصرعہ پر گفتگو کی ٹھانی۔ میرے سامنے بھی وہ اس مصرعہ کو اُسی طرح پڑھ گئے۔ میں نے جل بھُن کر کہا۔
"جی ہاں، کھُلنا، ڈھاکہ کے قریب ہے۔"

○

صاحب سلام میرا

پروفیسر مظفر اقبال، ڈاکٹر ناز قادری، ڈاکٹر ابوعبیدہ ابدالی، ڈاکٹر آفتاب عالم، ڈاکٹر عزیز الرحمٰن، پروفیسر عقیل احمد اور مناظر عاشق ہرگانوی بیٹھے باتیں کر رہے تھے۔ ڈاکٹر ابدالی نے بتایا۔ "ایک بار عزیز الرحمٰن صاحب دیوار پھاندتے ہوئے پکڑے گئے تھے۔"

سبھی لوگ ہنسنے لگے تو پروفیسر مظفر اقبال نے کہا "اس میں ہنسنے کی کیا بات ہے۔ پہلے مقصد کا علم ہونا چاہیئے۔ کہیں اس شعر والی بات نکل آئی تو ــ

دیوار پھاندنے میں دیکھو گے کام میرا
جب دھم سے آکہوں گا صاحب سلام میرا

جغرافیہ ساز

پروفیسر شمیم احمد، پروفیسر مظفر اقبال، ڈاکٹر شمیم افزا قمر، ڈاکٹر ناز قادری، مناظر عاشق ہرگانوی اور دوسرے لوگ بیٹھے باتیں کر رہے تھے۔ پروفیسر شمیم احمد نے بتایا کہ جب مشرقی پاکستان پر قبضہ ہو گیا اور نیا ملک بنگلہ دیش بنا تو بہت سارے لوگ اندرا گاندھی کو مبارکباد دینے پہنچے۔ شمیم احمد شمیم ممبر پارلیمنٹ نے بالکل نئے انداز سے مبارکباد دیتے ہوئے کہا۔ "آج تک میں نے تاریخ ساز شخصیتوں کے بارے میں سنا تھا۔ لیکن آج جغرافیہ ساز شخصیت کو دیکھ رہا ہوں جنھوں نے ایک نئے ملک کو جنم دیا ہے۔"

○

غیر معیاری

سری نگر میں مظہر امام کے یہاں کھانے پر باتیں ہو رہی تھیں۔ فیاض رفعت، مبینہ امام، مناظر عاشق ہرگانوی، شہپر امام اور کئی لوگ بیٹھے ہوئے تھے۔ بات فیاض رفعت کی صاف گوئی پر ہونے لگی تو مظہر امام نے بتایا "یہاں سری نگر سے ایک رسالہ "لا" نکلا ہے۔ پہلے شمارہ کا اجرا حامدی کاشمیری کے یہاں تھا۔ زبیر رضوی نے تقریر کرتے ہوئے نوجوان ایڈیٹروں سے کہا "یہ پہلا شمارہ ہے۔ اس میں آپ نے بعض ایسی چیزیں شائع کی ہیں، جو غیر معیاری ہیں۔ آئندہ سے معیار کا خیال رکھئے گا۔ خواہ بڑے نام ہی کیوں نہ ہوں۔"

"ہاں، اگلے شمارہ سے ان کی چیز مت چھاپنا۔ اس بار تو چھاپ ہی دی ہے"۔ فیاض رفعت نے برجستہ کہا۔

○

بسکٹ کا پلیٹ

اسی محفل میں مبینہ امام نے بتایا "لا" کے ہی رسم اجرا کے موقع پر حامدی کاشمیری

اپنی ایک غزل سنانے کے بعد بولے "میں ایک اور غزل سنانا چاہتا ہوں۔"

فیاض رفعت اپنے سامنے رکھے ہوئے بسکٹ کے پلیٹ کی طرف اشارہ کر کے بولے۔

"پلیٹ میں جب تک بسکٹ موجود ہیں، آپ سناتے رہیے، کسی کو ذرا بھی اعتراض نہیں ہوگا۔"

○

لنگڑے پر بہار

اسی محفل میں شہیر امام نے بتایا "جب 'علی گڑھ آبزروَر' کے نگراں فیاض رفعت تھے تو انھوں نے ایک بار سرخی لگائی "لنگڑے پر بہار ہے"۔

اور خبر میں یہ مضمون دیا "راہی معصوم رضا جب بھی شمشاد مارکٹ سے گذرتے ہیں، ایک آم فروش یہ آواز لگاتا ہے "لنگڑے پر بہار ہے"۔

○

پڑھنے کی قیمت

اسی محفل میں فیاض رفعت نے ایک واقعہ سنایا کہ ڈاکٹر قمر رئیس کے یہاں دہلی میں رتن سنگھ سے فیاض رفعت کی ملاقات ہوئی۔ رتن سنگھ نے تعارف کے بعد فیاض رفعت سے کہا "یہ لیجیے میرے افسانوں کا مجموعہ، لیکن میں اس کی قیمت لوں گا۔"

"قیمت کیا ہے؟" فیاض رفعت نے پوچھا۔

"پندرہ روپے۔"

"پھر میں آپ سے تیس روپے لوں گا۔"

"جی؟"

"جی ہاں، کیونکہ مجھے پڑھنا پڑے گا اور میں پڑھنے کی قیمت لوں گا۔"

○

گلشن کا کاروبار

اسی محفل میں فیاض رفعت نے بتایا۔ فیض احمد فیض اپنی دو غزلیں سُنا چکے تو ان سے "گلوں میں رنگ بھرے" کی فرمائش کی گئی۔ فیض نے غزل شروع کی۔

گلوں میں رنگ بھرے بادِ نوبہار چلے
چلے بھی آؤ کہ گلشن کا کاروبار چلے

سامعین نے ہانک لگائی "یہ گلشن کہاں کاروبار کرتی ہے؟ پتہ بتلا دیجئے۔"

○

تردید

خلیل الرحمٰن اعظمی کے ساتھ مظہر امام، فیاض رفعت، مبینہ امام، فرزانہ امام اور مناظر عاشق ہرگانوی بیٹھے باتیں کر رہے تھے۔ خلیل الرحمٰن اعظمی نے ایک مشاعرہ کا ذکر کرتے ہوئے کہا۔ کسی کالج کے مشاعرہ میں، جس کی صدارت پنڈت امرناتھ ساحر کر رہے تھے۔ طلبا نے ایک شاعر کو ہوٹ کرنا شروع کیا تو ساحر نے اپنی گرج دار آواز میں فرمایا۔ "حضرات، خاموش بیٹھئے۔ یہ بزمِ ادب ہے۔"

"جی نہیں، یہ کالج ہے" کسی طرف سے آواز آئی۔

○

علتِ مشائخ

پروفیسر سید حسن، ڈاکٹر سید محمد حسنین، پروفیسر مظفر اقبال، پرنسپل شکیل احمد، سید احمد قادری، اور مناظر عاشق ہرگانوی بیٹھے باتیں کر رہے تھے۔ ڈاکٹر سلام سندیلوی کا ذکر آیا تو پروفیسر محمد حسنین چونک کر بولے۔ میں دہلی گیا ہوا تھا۔ وہاں سلام صاحب کے بارے میں ایک دلچسپ واقعہ

معلوم ہوا۔ ان کے ریڈر شپ کا انٹرویو تھا۔ آل احمد سرور، گیان چند جین اور خواجہ احمد فاروقی اکسپرٹ کی حیثیت سے گئے ہوئے تھے۔ گورکھپور یونیورسٹی کے وائس چانسلر بھی انٹرویو میں موجود تھے۔ اکسپرٹ میں سے کسی نے سلام صاحب سے پوچھا کہ دردِ کے بارے میں کچھ بتائیے۔

سلام صاحب نے جواباً کہنا شروع کیا ”درد علت مشائخ میں گرفتار تھے۔۔“

وائس چانسلر نے جلدی سے پوچھا ”آخر کس جرم میں گرفتار ہوئے تھے؟“

○

زندہ کتاب

اسی محفل میں پروفیسر سید حسن نے ذرا لہک کر بتایا ”سلام سندیلوی نے اپنی ایک کتاب کا انتساب میرے نام کیا ہے۔“

پروفیسر سید محمد حسنین پہلے مسکرائے۔ پھر بولے ”بس یہی ایک کتاب زندہ رہے گی۔“

○

چھاتی بھینگ گیلو

فرحت قادری، پروفیسر تاج انور، پروفیسر احمد حسین آزاد، سرور عثمانی، سید احمد قادری اور مناظر عاشق ہرگانوی کافی کی چسکیاں لے رہے تھے اور باتیں کر رہے تھے۔ فرحت قادری اپنے کلکتہ کے واقعات سناتے ہوئے بولے ”بنگلہ زبان نہ جاننے کی وجہ سے کلکتہ میں ابھی پچھلی بار میرے ساتھ ایک حادثہ ہوتے ہوتے رہ گیا۔ میں ٹرام میں سفر کر رہا تھا۔ بھیڑ بہت تھی۔ میرے پیچھے کوئی بنگالی خاتون کھڑی تھیں۔ یکایک میرا کندھا پکڑ کر وہ چیخنے لگیں ”چھاتی بھینگ گیلو، چھاتی بھینگ گیلو۔“

میں گھبرا گیا اور خوف زدہ ہو کر سوچنے لگا کہ اب دو چار لمحے میں میری درگت بننے ہی والی ہے۔ شاید بھیڑ میں، غلطی سے میرا ہاتھ اس کے سینہ سے ٹکرا گیا ہے، جس کی وجہ سے یہ

عورت چیخ رہی ہے۔ لیکن تبھی ایک صاحب نے ڈپٹ کر مجھ سے کہا " چھاتے پر سے پاؤں ہٹائیے۔ دیکھتے نہیں، ان کا چھاتا ٹوٹ گیا ہے"

○

سیڑھی لگاکر

اسی محفل میں مشاعرہ اور ہوٹنگ کی بات نکلی تو فرحت قادری نے بتایا " کلکتہ میں ایک شاعر گھائل اعظم ہیں۔ بیحد پستہ قد ہیں۔ ایک مشاعرہ میں پڑھنے لگے تو پچھلی صف سے سامعین نے آواز لگائی " کھڑے ہوکر پڑھیے"

گھائل اعظم بولے " میں کھڑا ہوکر ہی پڑھ رہا ہوں"

سامعین میں سے دوسری آواز ابھری " پھر سیڑھی لگاکر پڑھیے"

○

ہمشیر زادہ

مناظر عاشق ہرگانوی، علی منیر اور جمیل اختر بیٹھے باتیں کر رہے تھے۔ لکھنؤ اور بنارس کے بھانڈوں سے ہوتی ہوئی گفتگو جب طوائف تک پہنچی تو جمیل اختر نے بتایا " طوائفیں بڑی حاضر جواب ہوتی ہیں۔ میں ایک شادی میں شرکت کے لئے ایک گاؤں گیا۔ وہاں مشتری نام کی طوائف نے جب ناچنا گانا شروع کیا تو لوگوں نے محسوس کیا کہ وہ حاملہ ہے۔ ایک منچلے شاعر نے چلا کر کہا ۔

حمل نو مہینے کا ہے مُشتری کو
کوئی دَم میں لڑکا ہوا چاہتا ہے

مشتری نے برجستہ جواب دیا ۔

خوشی آپ کو کیوں نہ ہووے برادر کہ ہمشیر زادہ ہوا چاہتا ہے

اس کے بعد وہ متشاعر قسم کے حضرت محفل میں دیکھے نہیں گئے۔"

○

ناسمجھ

مناظر عاشق ہرگانوی، علی منیر، اسرائیل راہی، موسیٰ کاظم اور کئی حضرات بیٹھے باتیں کر رہے تھے کہ موسیٰ کاظم نے بتایا "سید شمیم احمد مدنی سُنا رہے تھے کہ ایک بار مسجد میں ایک بیل گھُس آیا۔

لوگ بیل کے مالک کے پاس گئے۔ مالک نے لوگوں کی برہمی دیکھ کر بڑی عاجزی سے کہا "جناب، بیل بے زبان جانور ہے۔ اگر سمجھدار ہوتا تو مسجد نہیں جاتا۔ مجھے دیکھئے، میں آج تک نہیں گیا ہوں۔"

○

صحیح شعر

اسی محفل میں موسیٰ کاظم نے سنایا "ایک مشاعرے میں ایک شاعر نے پڑھنا شروع کیا تو مکرر مکرر کی آواز گونجنے لگی۔ یہ فرمائش اسٹیج پر ہی بیٹھے ہوئے ایک استاد شاعر کر رہے تھے۔ جب شاعر صاحب پہلے ہی شعر کو چھ سات بار دہرا چکے تو بولے "اب دوسرا شعر سنئے لیکن بار بار مت پڑھوائیے۔"

استاد نے کہا "اس وقت تک پڑھواؤں گا جب تک کہ آپ درست شعر نہیں پڑھیں گے۔"

○

جواب

سری نگر میں مظہر امام کے یہاں خلیل الرحمٰن اعظمی، فیاض رفعت، مجید مضمر، مناظر عاشق

ہرگانوی اور کئی حضرات بیٹھے ہوئے تھے۔ باتیں فحش نگاری پر ہو رہی تھیں۔ خلیل الرحمٰن اعظمی نے دورانِ گفتگو کہا ، جب فحش نگاری کے سلسلہ میں لاہور کی عدالت میں عصمت اور منٹو پر مقدمہ چلا تو ان کو اس سلسلے میں دو مرتبہ لاہور جانا پڑا۔ یہ حضرات دونوں مرتبہ وہاں سے سینڈلیں خرید کر لائے۔ ایک صاحب نے بمبئی میں عصمت سے پوچھا ، کیا آپ لوگ لاہور مقدمہ کے سلسلے میں گئے تھے ؟ "

" جی نہیں۔ جوتے خریدنے گئے تھے " عصمت کا جواب تھا۔

○

تعاقب

رحمٰن نیر ، سلامت علی مہدی ، رضوان احمد اور مناظر عاشق ہرگانوی پٹنہ کے نٹراج ہوٹل میں خوش گپی کر رہے تھے۔ بات پاگلوں پر آئی تو سلامت علی مہدی نے کہا " ان دنوں میں لکھنؤ میں تھا اور میرا پبلشنگ کا کام تھا۔ بمبئی سے ایک صاحب آغا فلش کشمیری کا خط لے کر میرے پاس آئے۔ وہ کاتب تھے اور انھیں کام کی تلاش تھی۔ ابتدائی گفتگو سے ہی میں نے اندازہ لگا لیا کہ وہ کچھ " غائب دماغ " ہیں۔ مجھے ایسے آدمی ہمیشہ پسند رہے ہیں۔ اسی لئے میں نے انھیں کتابت کے لئے رکھ لیا۔ ابھی چند ہی روز ہوئے تھے کہ ایک دن کتابت کرتے ہوئے اچانک مسطر اچھال کر وہ چیخنے لگے " تعاقب ! تعاقب ! " پھر اٹھ کر کمرے سے نکل گئے اور نظیر آباد کی سڑک پر دوڑ لگاتے ہوئے پہلے قمیض ، پھر بنیان اور آخر میں پائجامہ نکال کر سڑک پھینکتے گئے اور " تعاقب تعاقب " چلاتے ہوئے دریا میں جا کر انھوں نے چھلانگ لگا دی۔ مجھے خبر ملی تو میں فکر مند ہوا کہ شاید وہ ڈوب مرے لیکن ایک ہی گھنٹہ بعد وہ ننگ دھڑنگ میرے پاس واپس آ گئے۔ میں نے تفصیل پوچھی تو کہنے لگے " بمبئی میں ایک عورت نے مجھ پر جادو کے ذریعہ ایک بھوت مسلط کر دیا تھا جو مجھ پر پھونکیں مارتا رہتا تھا۔ بمبئی سے میں اسی لئے بھاگ آیا ، لیکن کمبخت اس نے مجھے لکھنؤ میں بھی ڈھونڈ نکالا۔ اور پھونکیں مارنے لگا۔ جب میں پانی

میں ڈبکی لگا لیتا ہوں تو وہ بھوت راستہ بھول جاتا ہے۔"

○

کاٹنے والی بیوی

سری نگر (کشمیر) میں کمال احمد صدیقی کے گھر پر رحمٰن نیّر، شاہدہ کمال، مناظر عاشق ہرگانوی اور کمال احمد صدیقی بیٹھے ہوئے تھے۔ کمال صاحب کے اوپری ہونٹ کے دائیں طرف ایک سفید چپّی لگی ہوئی تھی۔ ہرگانوی نے پوچھا "کمال صاحب، یہ کیا ہوا؟"

"بیوی نے کاٹ لیا ہے!" کمال صاحب بلا جھجک بولے۔

○

نوکر کی عمر

اسی محفل میں رحمٰن نیّر نے بتایا "میں ایک بار کلکتہ جا رہا تھا۔ میرے ایک دوست نے فرمائش کی کہ ان کے لئے کلکتہ سے ایک نوکر لیتا آؤں۔ عمر لگ بھگ بارہ سال کی ہو۔"

"اگر بارہ سال کی عمر کا نوکر نہ ملے تو چھ چھ سال کی عمر کے دو نوکر لیتا آؤں" رحمٰن نیّر نے بیحد سادگی سے پوچھا۔

○

پٹھم کی تلاش

مظہر امام، فیاض رفعت، پروین رحمٰن، مبینہ امام اور مناظر عاشق ہرگانوی بیٹھے جدید شاعری پر بات کر رہے تھے۔ اردو کے جدید شعرا کا ذکر آیا تو مظہر امام نے بتایا "میں سری نگر نیا نیا آیا تھا اور اوڈین ہوٹل میں ٹھہرا ہوا تھا۔ انہی دنوں زیب غوری سری نگر آئے۔ اور اوڈین ہوٹل میں میرے کمرے کے بغل میں ٹھہرے۔ ایک صبح وہ مجھ سے کہنے لگے۔

"آج خواہش ہو رہی ہے کہ نماز پڑھوں۔ سورج کا دُور دُور تک پتہ نہیں۔ اس لئے بتائیے کہ پچھم کدھر ہے؟"

"خدا کی قسم مجھے نہیں معلوم۔" منظرامام نے سوچتے ہوئے کہا۔

تھوڑی دیر بعد ہوٹل کا ملازم آیا تو منظرامام نے اس سے پوچھا "پچھم کس طرف ہے؟"

"صاحب، مجھے نہیں معلوم۔ آج تک میں نے جاننے کی کوشش نہیں کی۔ وہ دیکھئے، سامنے فٹ پاتھ پر ایک صاحب جا رہے ہیں، ان سے پوچھ لیجئے۔"

ان صاحب کو روک کر پوچھا گیا۔ "جناب! پچھم کس طرف ہے؟"

"میں نہیں جانتا۔ ابھی ادھر سے مولانا صاحب گذریں گے، ان سے پوچھ لیجئے گا۔"

جب مولانا صاحب ادھر سے گذرے اور ان سے پوچھا گیا تب انہیں پچھم کا پتہ چلا۔

○

سہوِ کتابت؟ / ستم ظریفی

ڈاکٹر عابد رضا بیدار کے یہاں مسز بیدار، منظرامام، مبینہ امام، شہلا نگار شمسی اور مناظر عاشق ہرگانوی بیٹھے ہوئے تھے۔ بات کاتبوں کی ستم ظریفی پر آئی تو منظرامام نے ڈاکٹر بیدار کو مخاطب کر کے کہا "ابھی کچھ عرصہ پہلے، میرے دوسرے مجموعۂ کلام "رشتہ گونگے سفر کا" کا کتابت شدہ مسٹر، پروف ریڈنگ کے لئے آیا تو ایک مصرعہ کے ساتھ کاتب نے دلچسپ ستم ظریفی کی تھی۔ میرا مصرعہ تھا ؎

یہ کس جنم میں ہم ملے ہیں

کاتب نے اسے یوں لکھ دیا ؎

یہ کس جہنم میں ہم ملے ہیں

○

رکیکُ القلب

پروفیسر ممتاز احمد، پروفیسر یوسف خورشیدی، ڈاکٹر قدوس جاوید، محمد اسرائیل ابنؔ، مناظر عاشق ہرگانوی اور کئی لوگ شعبۂ اُردو، پٹنہ کالج میں بیٹھے باتیں کر رہے تھے۔ پڑھے لکھے جاہلوں پر بات آئی تو پروفیسر ممتاز احمد نے کہا، ایک شخص کی پی ایچ۔ ڈی کی تھیسس میں غلطی تھی "رکیک القلب!"

انٹرویو (وائیوا) کے وقت جب پوچھا گیا کہ کیا لکھا ہوا ہے تو انھوں نے غلطی کی گرفت نہ کرتے ہوئے اطمینان سے جواب دیا "رکیک القلب"۔

○

مشاعرہ، نماز اور شیطان

بہار اُردو اکیڈمی، پٹنہ کی طرف سے مشاعرہ تھا۔ رضوان احمد، بشارت نیازی، نثار احمد نثار، مناظر عاشق ہرگانوی اور دوسرے لوگ سامعین کی نشستوں پر تھے۔ اناؤنسر کے فرائض ملک زادہ منظور احمد انجام دے رہے تھے۔ تقریباً پچاس شاعر مدعو تھے۔ شاعروں کی تعداد دیکھتے ہوئے ملک زادہ نے شعراء سے کہا کہ اپنے بہترین اشعار ہی سنائیں تاکہ سامعین بور نہ ہوں۔ ساتھ ہی بشیر بدر کا نام پکارا۔

بشیر بدر مائک پر آکر بولے "شاید ملک زادہ ہم شاعروں کو ادبی نماز پڑھانا چاہتے ہیں!"

ملک زادہ نے برجستہ کہا "نماز کی جہاں تک بات ہوگی شیطان کا آجانا لازمی ہے"۔

○

رشتہ

بہار اُردو اکیڈمی کے اسی مشاعرہ میں جب شہود عالم آفاقی مائک پر تشریف لائے تو

سامعین میں سے کسی نے بڑے زور سے پکار کر کہا "ذرا ترنم سے سنائیے۔"

شہود عالم آفاقی نے برہمی سے اس طرف تاکا تو ملک زادہ منظور احمد فوراً بول پڑے۔

"شہود صاحب کو خوش ہونا چاہیے کہ اس دور میں جب رشتے ٹوٹ بکھر رہے ہیں تو عظیم آباد والے رشتہ استوار کرنے کی کوشش کر رہے ہیں۔"

○

بنادر

پروفیسر شمیم احمد، پروفیسر مظفر اقبال، ڈاکٹر شاداب رضی اور مناظر عاشق ہرگانوی بیٹھے گفتگو کر رہے تھے۔ بات فراق گورکھپوری کی حاضر جوابی پر آئی تو پروفیسر مظفر اقبال نے کہا۔

"ایک صاحب کو جمع بولنے کی عادت تھی۔ وہ فراق کے پاس بیٹھے اپنی سیر و تفریح کی داستان سنا رہے تھے۔ جب وہ ایک تیرتھ استھان کے بارے میں بتانے لگے کہ "میں نے وہاں منادر کی سیر کی اور بہت سارے بندر ..."

تو فراق نے قطعِ کلام کرتے ہوئے کہا "منادر میں زیادہ تر بنادر ہی جاتے ہیں۔"

○

شٹل ٹرین

پروفیسر شمیم احمد، پروفیسر لطف الرحمٰن، ڈاکٹر رئیس انور اور مناظر عاشق ہرگانوی بیٹھے باتیں کر رہے تھے۔ پروفیسر شمیم احمد نے ایک مشاعرہ کا ذکر کرتے ہوئے کہا "آرہ کے ایک مشاعرہ میں نوح ناروی نے آرہ پر شعر پڑھنا شروع کیا۔

نارے سے چلے نوح تو آرے پہنچے
آرے سے چلے نوح تو نارے پہنچے

تو سامعین میں سے ایک آواز ابھری "چندا ماما آرے آئے بارے آئے، ندیا کنارے آئے۔"

دوسری آواز ذرا زوردار تھی "جی نہیں، شٹل ٹرین ہے۔"

○

اِدھر بھاگ اُدھر بھاگ

عبدالمجید شمس کی کتاب "حیات و کائنات" کی رسم اجرا کے موقع پر غبار بھٹی، احمد یوسف، رضوان احمد، مناظر عاشق ہرگانوی اور بہت سے لوگ موجود تھے۔ رسم اجرا کے بعد شعراء حضرات کلام سنانے لگے۔ پروفیسر سید حسن سرمد کی باری آئی تو انھوں نے مصرع گنگنایا ؂

اب کیسے بچے جان اِدھر آگ اُدھر آگ

پروفیسر عطا کاکوی نے قطع کلام کرتے ہوئے کہا ؂

بچانی ہو اگر جان اِدھر بھاگ اُدھر بھاگ

○

گھن

پروفیسر شمیم احمد، پروفیسر مظفر اقبال، ڈاکٹر شمیم افزا قمر اور مناظر عاشق ہرگانوی بیٹھے جمیل مظہری کی شخصیت پر باتیں کر رہے تھے۔ جب ان کی عاشقانہ زندگی پر بات آئی تو پروفیسر شمیم احمد نے بتایا "جمیل مظہری، گھن بائی پر عاشق تھے۔ انھوں نے ایک نظم بھی لکھی تھی۔ اس کا یہ شعر مجھے یاد ہے ؎

رہی یاروں کی محفل میں وہ گھن شل پیمانہ
نشیلی آنکھ کی مے پی گئے یارانِ میخانہ

○

داڑھی کا شاعر

پروفیسر جمشید حسن جامی، نینا جوگن، سلیمہ جمشید، شبانہ نازنین اور مناظر عاشق ہرگانوی بیٹھے حالات حاضرہ پر تبصرہ کر رہے تھے۔ کانپور کی ایک خبر پر سلیمہ جمشید نے پوچھا۔ "فنا نظامی تو کانپور ہی کے شاعر ہیں نا؟"

نینا جوگن نے جواب دیا "ہاں۔ اور کانپور میں ہی ان کے ساتھ وہ لطیفہ ہوا تھا۔"

"کون سا؟" شبانہ نازنین نے پوچھا۔

"اناؤنسر نے ہنستے ہوئے انھیں دعوتِ سخن دی۔" اب ملک کے چوٹی کے شاعر حضرت فنا نظامی تشریف لائیں۔"

فنا نظامی مائک پر آئے اور ریش دراز پر ہاتھ پھیر کر انھوں نے کہا "چوٹی کے شاعر دوسرے ہوں گے۔ میں تو داڑھی کا شاعر ہوں۔"

○

چیک اور مصافحہ

ٹیلی ویژن سنٹر سری نگر کے ڈیوٹی روم میں جگن ناتھ آزاد، شکیل الرحمٰن، حامدی کاشمیری، ظفر احمد، شمس الدین احمد، امین کامل اور مناظر عاشق ہرگانوی چیک لے رہے تھے۔ اسی وقت مظہر امام آگئے۔ "آہاہ، اس وقت تو بڑے بڑے ادیب موجود ہیں" اور وہ باری باری سب سے ہاتھ ملانے لگے۔ جب امین کامل کے پاس پہنچے تو وہ سر جھکائے چیک کو گھور رہے تھے۔ حامدی کاشمیری بولے "امین صاحب ابھی آپ کی طرف مخاطب نہیں ہوں گے۔"

"ہاں، ابھی نہیں ہوں گے۔" جگن ناتھ آزاد نے تائید کی۔

○

مولانا جھنجھٹ

نسیم اعظمی (مالک و مدیر، نکھار، مئوناتھ بھنجن) اور مناظر عاشق ہرگانوی ملنے کی غرض سے ڈاکٹر شمیم افزا قمر کے یہاں گئے۔ سب سے پہلے ان کے دس سالہ صاحبزادے شہاب سے سامنا ہوا۔ ہرگانوی نے کہا ۔ اپنی ممی سے میرے بارے میں کہئے کہ ملنے آئے ہیں، ساتھ میں مئوناتھ بھنجن کے ایک صاحب بھی ہیں۔"

ڈاکٹر شمیم افزا قمر جب ڈرائنگ روم میں آئیں تو ہنستی ہوئی بولیں ۔" اچھا، آپ لوگ ہیں۔ شہاب نے بتایا کہ آپ کے ساتھ کوئی مولانا جھنجھٹ ہیں۔"

○

ہومیو پیتھک ڈاکٹر

پروفیسر شمیم احمد، پروفیسر لطف الرحمٰن، ڈاکٹر رئیس انور اور مناظر عاشق ہرگانوی وغیرہ بیٹھے باتیں کر رہے تھے۔ پروفیسر لطف الرحمٰن نے سنایا کہ کسی رسالہ میں پچھلے دنوں یہ شعر پڑھا ہے۔

گھبراتے ہیں، کتراتے ہیں، لہراتے ہیں کیوں لوگ
سردی ہے تو پانی میں اُتر کیوں نہیں جاتے

پروفیسر شمیم احمد برجستہ بولے ۔ اگلے شمارہ میں یہ خط چھپنا چاہیے کہ شاعر ضرور ہومیو پیتھک ڈاکٹر ہے۔"

○

بلڈ پریشر

سنٹرل اکسائز کے سپرنٹنڈنٹ نعیم الحق کے یہاں پروفیسر وہاب اشرفی، ڈاکٹر شان احمد صدیقی، حسین الحق، مناظر عاشق ہرگانوی، حسن تابش اور کئی حضرات بیٹھے

باتیں کر رہے تھے۔ ہرگانوی نے وہاب اشرفی سے کہا "آپ نے میرے خط کا جواب نہیں دیا۔ خاص طور پر مظہر امام صاحب کے خط کے سلسلے میں۔ جواب کا ابھی تک منتظر ہوں۔"

"دراصل وہ خط تفصیلی جواب چاہتا تھا اور آپ جانتے ہیں کہ پچھلے کئی ماہ سے میں عدیم الفرصت ہوں۔ پھر اس خط کے جواب سے ہنگامہ کھڑا ہو سکتا تھا۔"

"میں ہنگامہ خیزی کے لئے ہی جواب چاہتا تھا۔"

"تب تو جواب نہ دے کر میں نے اچھا کیا۔ کم از کم بلڈ پریشر تو نہیں بڑھا۔" وہاب اشرفی نے ہنستے ہوئے جواب دیا۔

گرا یا کہ نہیں

پروفیسر تاج انور، پروفیسر احمد حسین آزاد، سید احمد قادری، حامد علی گردش، مناظر عاشق ہرگانوی اور کئی لوگ بیٹھے عورتوں کی نفسیات پر بات کر رہے تھے کہ حامد علی گردش نے بتایا "بہت عرصہ پہلے کی بات ہے۔ گیا میں قیوم خضر دوکان کیا کرتے تھے۔ پتر پکھ کا میلہ تھا۔ علامہ سریدکابری، آوارہ مظفر پوری، شاہ لعل قادری، میں، قیوم خضر اور معین شاہد دوکان میں بیٹھے ہوئے تھے۔ ایک جوان لڑکی ادھر سے گذری۔ ہم سب کی توجہ اپنی طرف پا کر وہ بار بار پلٹ کر دیکھنے لگی۔ شاہ لعل قادری نے علامہ سے کہا "استاد، اسی ادا پر کوئی شعر ہو جائے۔"

سریدکابری نے برجستہ کہا ۔

گذر کر سامنے سے اس لئے پھر اس نے دیکھا ہے
گرا یا کہ نہیں وہ صید جس پر تیر پھینکا ہے

شوہر

پروفیسر عبدالواسع، پروفیسر فاروق صدیقی، مناظر عاشق ہرگانوی اور دیگر لوگ بیٹھے خوش گپی کر رہے تھے۔ پروفیسر عبدالواسع ایک وائیوا لینے رانچی گئے تھے۔ وہاں کا تجربہ بیان کرنے لگے۔"رانچی میں مشاعرہ تھا۔ اناؤنسر کوئی شاعرہ تھیں۔ اس مشاعرہ میں شوہر گیاوی کو بھی پڑھنا تھا۔ جب ان کا نمبر آیا تو اناؤنسر نے انھیں نام سے پکارا۔ شوہر اسٹیج پر آکر بولے۔" اناؤنسر صاحبہ نے مجھے نام سے پکارا ہے جبکہ آپ حضرات جانتے ہیں کہ میں شوہر کہلاتا ہوں۔"

سامعین میں سے کسی نے کہا۔"آپ کی والدہ محترمہ آپ کو کیا کہتی ہیں؟"

○

چھیڑ چھاڑ

رضا نقوی واہی، کرامت علی کرامت اور مناظر عاشق ہرگانوی بیٹھے باتیں کر رہے تھے۔ موسم بادباراں کا تھا۔ اسے مزید خوشگوار بنانے کے لئے واہی صاحب نے بعض حقائق سنائے۔

"اختر شیرانی، حفیظ جالندھری، الطاف مشہدی اور حاجی لق لق اور دوسرے لائل پور کے ایک مشاعرہ میں شرکت کرنے کے لئے بس سے سفر کر رہے تھے۔ صبح کا سہانا وقت تھا۔ بیرون شہر کی آزاد فضا اور دیہات کے قدرتی مناظر سے شعرا حضرات کی طبیعتیں لہرا اٹھیں۔ وہ بھانت بھانت کی بولیاں بولنے لگے اور فی البدیہہ شاعری ہونے لگی۔ ایک صاحب نے فرمایا ؎

کیا خوب چھیڑ چھاڑ ہے بادِ نسیم کی

دوسرے حضرت بول اٹھے ؎

پردہ اٹھا کے دیکھ لو لڑکی حکیم کی

تیسرے نے نہر دیکھ کر کہا ؎

اگر شرابِ رواں آبِ نہر ہو جاتا

چوتھے نے مصرعہ لگایا کہ

توا س کے پہلو میں آباد شہر ہو جاتا

حاجی لق لق نے کہا۔ یہ شعر یوں ہونا چاہیئے ۔

اگر شراب رواں آبِ نہر ہو جاتا
تو ہم فوراً بہیں لاری کھڑی کر لیتے

اسی بس کے سفر میں شاعر حضرات باقاعدہ ایک طرحی مشاعرہ کرنے کے بارے میں سوچ ہی رہے تھے کہ ایک سواری نے اپنے قریب بیٹھے ہوئے ایک شاعر سے کہا، بابوجی ماچس دینا۔

یہ شاعر الطاف مشہدی تھے۔ انھوں نے کہا، واہ بھئی واہ، تم نے تو آدھا مصرعہ کہہ دیا۔ لیجئے میں اسے پورا کر کے بطور مصرعہ طرح پیش کرتا ہوں کہ

از رہِ لطف و کرم بابوجی ماچس دینا

حفیظ جالندھری بولے ۔

بزمِ اُردو میں نئی شمع جلانا ہے مجھے
از رہِ لطف و کرم بابوجی ماچس دینا

اختر شیرانی نے کہا ۔

درجۂ شکرِ شراب اس کو جلا کر دیکھیں
از رہِ لطف و کرم بابوجی ماچس دینا

الطاف مشہدی نے فرمایا ۔

باغ اُردو کے خس و خار جلا کر رکھ دیں
از رہِ لطف و کرم بابوجی ماچس دینا

مرتضیٰ احمد خاں نے افغانی گرہ لگائی ۔

غم غلط کردن ما نیست بجز شغلِ سگار   از رہِ لطف و کرم بابوجی ماچس دینا

اسی بس میں اختر شیرانی نے ایک مصرع دیا اور فرمائش کی کہ دوبارہ مطلع کہا جائے۔

مصیبت ہے کہ ہم گرمی میں لائل پور جاتے ہیں

حفیظ جالندھری نے کہا۔

نکل کر باغِ رضواں سے سوئے تنور جاتے ہیں
مصیبت ہے کہ ہم گرمی میں لائل پور جاتے ہیں

اختر شیرانی بولے۔

تلاشِ جلوۂ سلمیٰ میں سوئے طور جاتے ہیں
مصیبت ہے کہ ہم گرمی میں لائل پور جاتے ہیں

الطاف مشہدی نے فرمایا۔

ہیں کچھ صوفی بھی ہم میں اور کچھ مخمور جاتے ہیں
مصیبت ہے کہ ہم گرمی میں لائل پور جاتے ہیں

حاجی لق لق یوں گویا ہوئے۔

ہیں کچھ انسان بھی ہم میں اور کچھ لنگور جاتے ہیں
مصیبت ہے کہ ہم گرمی میں لائل پور جاتے ہیں

کسی نے آواز لگائی "ہم انسانوں میں وہ لنگور کہیں آپ تو نہیں؟"

○

اصل اور کم اصل

آل انڈیا ریڈیو پٹنہ میں شمیم فاروقی، تاج پیامی اور مناظر عاشق ہرگانوی بیٹھے ایک دوسرے سے لطیفہ سُن رہے تھے۔ تاج پیامی نے کہا "میرے دادا اور کئی لوگ بیٹھے ہوئے تھے کہ ایک بھانڈ آگیا۔

لوگوں نے پوچھا "کون ہو؟"

"میں بھانڈ ہوں" اس نے جواب دیا۔
"یہاں سب بھانڈ ہیں۔ جاؤ" دادا نے اسے بھگانا چاہا۔
"لیکن حضور اصل اور کم اصل میں فرق ہے" بھانڈ کا جواب تھا۔

○

پیروڈی

پروفیسر مظفر اقبال، پروفیسر ناز قادری، ڈاکٹر محمد اکرام، پروفیسر عقیل احمد، عبدالعزیز عزیز اور مناظر عاشق ہرگانوی ایک دعوت میں بیٹھے کھانے کا انتظار کر رہے تھے۔ ہرگانوی نے رحمٰن جامی کی ایک تازہ غزل، مظفر اقبال اور ناز قادری کو سُناتے ہوئے کہا کہ اس کی پیروڈی ہو جائے۔ پہلے پانچ اشعار منتخب کیے لیتا ہوں ؎

دل ہے اپنا نہ اب جگر درپیش
ہے تری چشمِ معتبر درپیش

لوگ بیمار کیوں نہ پڑ جاتے
جبکہ تھا حُسن چارہ گر درپیش

میں ہوا چاہتا تھا بے قابو
زندگی ہو گئی مگر درپیش

شب کے ماروں سے اتنا کہنا ہے
شب کے پردے میں ہے سحر درپیش

اہلِ نقد و نظر پریشاں ہیں
جب سے جامی کا ہے ہُنر درپیش

کھانا آتے آتے تینوں کی مشترکہ کوشش سے ایک پیروڈی تیار ہو گئی۔ ویسے بیشتر اشعار مظفر اقبال نے کہے ہیں ؎

دل ہے اپنا نہ اب جگر در پیش
ہے ترا مرغ معتبر در پیش
لوگ بیمار کیوں نہ پڑ جاتے
جب کہ کھانا تھا سیر بھر در پیش
مَیں ہوا چاہتا تھا اب اُلو
جانے کیوں آ گیا ہے خر در پیش
سب کنواروں سے اتنا کہنا ہے
ریگزاروں میں ہے سفر در پیش
اہلِ نقد و نظر پریشاں ہیں
کوئی مادہ نہ کوئی نر در پیش

○

رائلٹی

یونس احمر، مناظر عاشق ہرگانوی، ڈاکٹر حبیب مرشد خاں، ڈاکٹر سید نیر حسن فردوس، رومی افتخار عظیم چاند، ڈاکٹر ارشد رضا، قاضی محمد نعمان اور دوسرے، بیٹھے ادبی کاروبار پر باتیں کر رہے تھے۔ کتابوں پر رائلٹی کی بات آئی تو ہرگانوی نے بتایا۔ ہمارے یہاں اور مغربی ممالک میں اس رائلٹی ایکٹ کی اہمیت جداگانہ ہے۔ سمرسٹ مام کی کتابوں کی رائلٹی کی کافی بڑی رقم اسپین میں جمع ہو گئی تھی۔ مگر رائلٹی کے پیسے ملک کے باہر نہیں لے جا سکتے تھے۔ اس لئے سمرسٹ مام اسپین پہنچے تاکہ وہیں اس رقم کا مصرف لے سکیں۔ وہ وہاں کے سب سے خرچیلے اور مہنگے ہوٹل میں ٹھہرے اور کھلے ہاتھوں خوب خرچ کیا۔ جب انہیں محسوس ہوا کہ اب رائلٹی کا زیادہ حصہ خرچ ہو چکا ہے تو اسپین سے روانہ ہونے کی سوچی اور ہوٹل کے مینجر سے بل مانگا۔ مینجر نے جواب دیا۔

"سر، آپ جیسا قابل اور مشہور شخص آکر ہمارے ہوٹل میں ٹھہرے، یہ ہمارے لئے بڑی خوش نصیبی کی بات ہے۔ آپ کے قیام سے ہماری بڑی پبلسٹی ہوئی ہے اس لئے آپ کا بل کچھ بھی نہیں ہے۔"

○

معاوضہ کے لئے

حسن امام درد، محمد سالم، ڈاکٹر امام اعظم، ڈاکٹر منصور عمر، ڈاکٹر مظفر مہدی، پروفیسر محمد کمال الدین، پروفیسر ایم اے ضیا، ڈاکٹر امتیاز احمد صبا، مناظر عاشق ہرگانوی اور دیگر حضرات ادب کے بعض پہلو پر باتیں کر رہے تھے۔ جاسوسی ناول نگاری کی بات چلی تو ہرگانوی نے بتایا:

"مشہور جاسوسی ناول نویس اور Perry Mason کے خالق Erle Stanley Gardener نے جب شروع شروع میں لکھنا شروع کیا تو ہر لفظ پر انھیں تین پینی معاوضہ ملتا تھا۔ مگر ان کے ابتدائی ناولوں میں ہر مجرم چھٹی گولی پر ہلاک ہوتا تھا۔ ایک بار ان کے ناشر نے پوچھا "جناب، آپ کا مجرم چھٹی گولی ہی پر کیوں ہلاک ہوتا ہے؟ پہلی، دوسری، تیسری، چوتھی، پانچویں گولی پر بھی تو ہلاک ہوسکتا ہے۔"

گارڈنر نے جواباً کہا "جناب، اگر میں اپنے مجرم کو پہلی گولی میں ہلاک کردوں تو پندرہ پینی کا گلا گھونٹنا پڑے گا۔ یہی وجہ ہے کہ میں زیادہ معاوضہ حاصل کرنے کے لئے اپنے مجرم کو چھٹی گولی میں ہلاک کرتا ہوں۔"

○

سنگوگرام

پروفیسر جگن ناتھ آزاد، پروفیسر محمد حسن، پروفیسر محمد عبدالرزاق فاروقی، پروفیسر یوسف سرمست، پروفیسر محمد انصاراللہ اور مناظر عاشق ہرگانوی، مقبول لاری منزل، لکھنؤ میں

بیٹھے باتیں کر رہے تھے۔ بات ٹیلی فون کی ستم ظریفی پر آئی تو پروفیسر جگن ناتھ آزاد نے بتایا مغربی ممالک میں اب مبارکباد کے تار (ٹیلی گرام) کو نغماتی بھی بنایا گیا ہے۔ جس پتے پر ایسے سنگوگرام بھیجنے ہوتے ہیں۔ آپریٹر اس پتے پر اس تہنیت کو گاکر سُنا دیتا ہے۔ ایک ضعیف شخص کو کسی نے ایسا ہی تار بھیجا۔ آپریٹر نے فون کرکے کہا "آپ کے نام ایک تہنیت کا تار ہے۔"

اور پھر اس تہنیت کو گاکر سُنانے لگا۔ جب گانا ختم ہوگیا تو بوڑھا شخص بولا۔ "ہاں تو آپ کیا کہہ رہے تھے؟ اب کہئے! بیچ میں نہ معلوم کون احمق گانے لگا تھا۔"

طول کاری

پروفیسر سلیمان اطہر جاوید، ڈاکٹر غیاث اقبال، علیم صبا نویدی، راہی فدائی، کاظم نائطی ڈاکٹر مظفر شہ میری، پروفیسر عبدالواسع اور مناظر عاشق ہرگانوی مدراس کے ایک ہوٹل میں بیٹھے باتیں کر رہے تھے۔ فصاحت و بلاغت پر گفتگو کا رُخ مڑا تو پروفیسر عبدالواسع نے سنایا کہ ایک استاد نے اپنے شاگرد کو ہدایت کی تھی کہ گفتگو آہستہ اور فصاحت سے کرنی چاہیئے۔ ایک روز چلم سے چنگاری اڑی اور استاد کی پگڑی پر جا پڑی۔ شاگرد نے دیکھا تو استاد کی تعلیم کے مطابق یوں گویا ہوا "جناب استاد صاحب مولانا، ہادی و رہنما، ملجا و ماوا پسراں سرچشمۂ ہدایت شاگرداں، افلاطون زماں، لقمان دوراں، سلمہ اللہ تعالیٰ و رحمۃ اللہ و برکاتہٗ و ترحمۃ، بعد از ادائے نیازمندی، و گذارش قواعد مستمندی، دست بستہ معروض ہوں کہ حضور پُرنور کی دستارِ عظمت آثار پر ایک اخگر ناہنجار، شرربار، آتش کدۂ چلم سے پرواز کرکے شعلۂ افگن۔۔۔"

اتنے میں استاد کی پگڑی جل گئی اور آگ سر تک پہنچ گئی۔ استاد نے شاگرد پر بگڑ کے کہا، "ارے نابکار، یہ وقت کونسا فصاحت اور بلاغت کا ہے۔ تیری طول کاری نے

میرے سر کے بال بھی جلا دیئے۔"

○

سیر کی خواہش

دہلی میں بلراج ورما کے گھر منظر امام، مبینہ امام، شہیر امام، پونم، رباب، بلراج ورما، لکی ورما اور مناظر عاشق ہرگانوی ڈنر کھا رہے تھے کہ ہرگانوی نے بلراج ورما سے پوچھا "آپ کی شادی لو میرج ہوئی تھی کیا؟"

"نہیں۔ کیوں؟" لکی ورما نے چونک کر پوچھا۔

"ابھی آپ بتا رہی تھیں کہ سیر سپاٹے کی عادت آپ دونوں کو شادی سے قبل سے ہی تھی۔ اسی سے گمان ہوا۔"

"ارے نہیں یار، وہ دوسرا چکر ہے۔" بلراج ورما مسکرائے۔

"تفصیل میں بتا دیتی ہوں۔" لکی ورما ماضی میں گم ہوتی ہوئی بولیں۔ "بات یہ ہے کہ شادی سے قبل یعنی منسوب طے ہو جانے کے بعد، بلراج جی کے خطوط آنے لگے تھے اور ہر خط میں یہ خواہش ضرور ہوتی تھی کہ ساتھ گھومنے کو بہت جی چاہتا ہے۔ آخر ہماری شادی ہوئی اور میں ان کے گھر آگئی۔ اگلے دن صبح سویرے بلراج جی نے مجھے جگایا اور کہا کہ سیر کے لئے چلنا ہے۔ اور ہم دونوں منہ اندھیرے نکل پڑے۔ میں نئی نئی آئی تھی۔ بغیر کسی کو بتائے یوں گھر سے نکلنا اچھا نہیں لگ رہا تھا۔ بہرحال، ہم دونوں چلتے گئے، چلتے گئے۔ ایک گھنٹہ، دو گھنٹہ، تین گھنٹہ... اسی طرح گھنٹہ پر گھنٹہ گذرنے لگا۔ میں نے جب بھی آواز نکالی کہ واپس چلنا ہے، وہ کہتے کہ ہم سیر پر نکلے ہیں۔ مجھے اپنے دو ایک دوست کے یہاں بھی لے گئے۔ اسی طرح سارا دن میں ان کے پیچھے پیچھے گھسٹتی رہی۔"

"پیدل؟" شہیر امام نے پوچھا۔

"ہاں پیدل۔ مجھے لگ رہا تھا کہ سارا شہر گھما کر دم لیں گے۔ آخر شام ہوئی اور ہم گھر

پہنچے۔ گھر والوں کو کیسا کیسا وسوسہ تھا، یہ الگ بات ہے۔ لیکن اس دن کے بعد بلراج صاحب کے ساتھ میں سیر پر نہیں گئی۔"

تذکروں تسکروں

آکاش وانی بھاگل پور کے ریکارڈنگ روم میں اسٹوڈیو مشاعرہ کے لئے کہکشاں تبسم، جعفر علی نائب، قمر علی قمر، شبیر جعفری، طارق انور اور مناظر عاشق ہرگانوی بیٹھے ہوئے تھے ــــــ پروڈیوسر ساکیتا نند نے ریکارڈنگ سے پہلے کلام سنانے کی فرمائش کی۔ کہکشاں تبسم نے شعر پڑھا ــ

کوئی مثال کہاں حاشیوں میں قید رہے
ہم ایسے لوگ سدا تذکروں میں قید رہے

ساکیتا نند چونک کر بولے "تسکروں کی کیا بات کہی آپ نے؟ پھر سے شعر سنائیے"
سبھی ہنس پڑے۔ "تسکروں نہیں، انھوں نے تذکروں پڑھا ہے۔۔"
"اوہ، میں نے تسکروں یعنی اسمگلروں سمجھا۔ یہ تذکروں کیا ہوتا ہے؟"

مکرم نیاز کی دو کتابیں

فلمی دنیا: قلمی جائزہ
(تبصرے/تجزیے)

راستے خاموش ہیں
(منتخب افسانے)

بین الاقوامی ایڈیشن درج ذیل معروف بک اسٹورس پر دستیاب ہیں

Barnes & Noble
Walmart
Amazon.com